新潮文庫

爛漫たる爛漫

クロニクル・アラウンド・ザ・クロック

津原泰水著

目次

爛漫たる爛漫

クロニクル・アラウンド・ザ・クロック

Chronicle around the Clock volume 1

1

ドラムの乱打。

ベーシストと、新たにステージに登場したギタリストが、ぴったり同時にそこに斬《き》り込んで、複雑なリズムがじつはカウントとして機能していたのだと知れる。

さっきまでウィスキーをラッパ飲みしていたもう一人のギタリストが、淡褐色の長髪を振り乱し、ステージの前方に躍り出てくる。エンジンの唸《うな》りにも似た低音から、転調に転調を重ねながら、耳鳴りのような高音にまで駆け上がっていく。

逆にもう一本のギターはいつしか下降し、気が付けば哀愁に満ちたコード進行を、低く淡々と刻みはじめている。

ドラムが、ベースが、リードギターがそれに絡《から》みついて、あのイントロを成していく。

録音物では聴き慣れてきたメロディだが、生で聴くと、体感時間が異様に長い。転んでしまったのに身がいつまで経《た》っても地面に達さない、夢の一場面のようだ。リズムを刻んでいたギタリストが、ステージ中央のマイクロフォンに近づいていく。

そして歌が――。

2

かつて赤羽根菊子《あかばねきくこ》先生が、私たち生徒に向かって云《い》った。

「人生は予想外の冒険に満ちています。そしてそれらは、必ずしも愉快な体験とは限りません」

自分が爛漫《らんまん》に関わってしまったことを、後悔したことは一度もない。

多くの人は、それを幸運と呼ぶようでもある。

しかし周囲が想像するほど、愉快なことばかりではなかったのも確かだ。

爛漫のことを思うとき、私は今でも物悲しい気持ちにおそわれる。その音楽を積極的に聴くこともない。古株のファンが「本当の爛漫」「真の爛漫」と呼ぶ、デビューから二年の間の彼らの音も、その後の、変わり果ててしまった爛漫も。

そもそも私は、ロック好きではない。

クラシカルな旋律や技法が引用された曲なら、それなりに面白くもあるけれど、だったらバッハを聴けばいい、とも同時に思う。

爛漫で最も好きだった「雨の日曜日」に対してさえ、今はそう感じる。

3

「ロックはぜんぜん解《わか》らないんです」

和気泉《わけいずみ》さんに対しても、私はそう正直に告げたのだった。

場所が場所だけに、なんと生意気な小娘かと思われたかもしれない。でも知ったかぶってあとで恥をかくよりはましだと考えていた。

プロフェッショナルバンドの音響スタッフをやっているくらいだから、たいそう年上の、大人の女性という気がしていたのだが、話し込んでみると私と五つしか違わなかった。若く見える人だと思っていたら、なんのことはない、見た目どおりだったわけだ。

裏方には勿体《もったい》ないくらい綺麗《きれい》な、でもどこかぼんやりした風情《ふぜい》の、淋《さび》しげな雰囲気の人だった。

高校を出て専門学校でまなび、最初は地方のライヴハウスのＰＡ《パブリックアドレス》係、そのうち出演していたバンドがメジャーデビューしたりで人脈がひろがり、東京に出て大舞台での仕事も担《にな》うようになったという。

「それはそれで、凄《すご》いですね」

私はなんの他意もなく云ったのだが、

「これはこれで」

と和気さんは頷《うなず》きながら苦笑した。

私は人付合いが苦手なうえ基本的に皮肉屋なので、この種の失敗をよくやらかす。そしてうまく謝ることができない。

赤羽根先生にも、そういう教師らしからぬところがあった。彼女から感染したのかもしれない。

当時、とりたてて好きな先生というわけでもなかったが、今となって思い返して、はらわたの煮えくり返らない教師は彼女だけだ。

中学生の目にも大人げなく映るほど、しょっちゅう感情を露《あら》わにする人だった。それだけに欺瞞《ぎまん》とは無縁に見えた。

「基本的に肉体労働だから、若いと、それだけで重宝されるの」

「もともと、そういうお仕事に就きたかったんですか」

「どういう？」

「裏方」

店員の手違いでかＢＧＭが一時的に大きくなったので、私は短く大声で答えた。音量はすぐさま落とされた。

「はっきり裏方と云う人って珍しい。裏方ですけど」

「裏方を差別している人は、逆に言葉を選ぶかも」

「裏でも表でも、とにかく舞台に関わりたかったというか、私、子供のころ児童劇団に入ってたし」

「なに演《や》りました？」

「マルシャークの『魔法の品売ります』とか」

「わ、その本持ってた」

「内容、憶《おぼ》えてる？」

「なんとなくは」

「私、出演したくせにほとんど憶えてない。不思議じゃない？」

「なんの役でした？」

「誰かの娘だったと思う。仕立屋？　笛吹き役の男の子のこと、すごく好きだったのは憶えてる。それくらい」

「たとえば自分でバンドを演ったりして、また舞台に立ちたいとは？」

「弟はやってるけど、私のほうは、今はもう思わない。凄いバンドを見るたびに、自分にはぜったい無理だと感じちゃう。くれないさん、今日はどのバンドを目当てに？」

「だから、ロックはぜんぜん解らないんです。チューニングがいちばん合ってたのは最後のバンド。感想はそのくらい」

「なにか楽器を？」

「ピアノを少々。純然たるクラシック教育です」

「でもライヴハウスに来て、こんな深夜まで居残ってる。うるさいこと云う気はないけど、高校生でしょう？　家の人への言い訳、大丈夫？」

「誰も私の心配なんかしないから。あと、学校は行ってないです」

「そうなの」

和気さんはハイボールのグラスを傾けながら、ちらちらと私を観察した。そういう子にしちゃ平凡、とでも思っているのだろうか。

精神的にはともかく表層は、不良にも引きこもりにも見えまいと思う。近いのは後者だが、わりあい社交的なところもある。

私が耐えられないのはあくまでも学校であって、社会全体を敵にまわしているわけではない。

「バンドの話じゃなかったら、なんだろ——あ、ここで演奏したいの？　だったら録音したものをブッキングの担当に」

「今夜の目当ては、和気さん」

彼女は眉《まゆ》をひそめて私を見返し、

「初対面ですよね？　本当はどこかで会ってる？」

「たぶん初対面です。ニッチの葬儀に行かれてなかったら」

「爛漫の」

私は頷いた。彼女はグラスの氷を見つめた。やがてかぶりを振って、

「葬儀には行ってない。交流がなかったから」

「でも三か月後の追悼コンサートでは、爛漫のステージ機材を担当」

別のスタッフがテーブルに寄ってきて、彼女になにか耳打ちした。

「あとで行く。こっち、すぐに終わるから」

という和気さんの返事だけ聞えた。彼女は向き直って、

「あれは雑誌の『音楽生活』が中心の企画だったから。爛漫はもうばらばらで、田舎に帰ってたメンバーもいたくらいだけど、一回きりってことで音楽生活社の武《たけ》ノ内《うち》さんが呼び掛けて、なんとか実現した。私、『音楽生活』には気に入られてて、あそこが主催のフェスとかにはよく呼んでもらえるの。なんでスタッフの分担まで知ってるんですか」

「ちょっとしたコネが。そのライヴで、ニッチの代わりに舞台に立った新渡戸鋭夫《にとべえつお》が感電。意識を失って救急車で病院に運ばれた。滅多にない事故だそうですが、もしギターアンプに細工をしたなら、意図的に起こすことも可能なんでしょうか」

和気さんは激しく眼を瞬《しばた》かせた。

「もう一度」

「ギターアンプに細工をしたら、人が気を失うほどの感電を引き起こせますか」

「うん。可能だと思う」

「和気さんにも？」

「真空管式のアンプだったら内部に高圧電流が生じるから、それを意図的に漏電させてギタリストに流れるようには、ちょっとした知識さえあれば出来ます。もともと絃《げん》アースといって、エレキのギタリストやベーシストの身体《からだ》は、アンプの一部と電気的に繋《つな》がるように設計されている。でも感電というのはそれだけでは起きないの。電線にとまった鳥は間違いなく帯電しているけれど、それだけで感電して落下したりはしないでしょう？　それと同じこと。別のグラウンドと接触してそこに電位差が生じなければ、電気の流れが生じることはない。地面に高低差がなかったら、水の流れが生じないように」

「低い場所と接触すれば」

「感電します。たとえばマイクロフォンのシステム。あれはギターとは別のグラウンドだから」

「対策はないんですか」

「あらかじめ各システムを連結して、電位差を無くしておけば、感電は起きませんね」

「それが普通なんですか」

「そこまで気を払っている会場は滅多にないと思う」

「なぜ？　なんでこれまで、そういう根本的な対策がとられてこなかったんでしょう」

「滅多に起きないことだから、としか」

「ということは、誰かが狙《ねら》わないとなかなか起きない事故」

インターネットでさんざん予習したことに対する無知を、私は装《よそお》っていた。和気さんの認識の度合いを確かめたかったのだ。

あのコンサートは、なにもかも奇妙だった。ばらばらになっていた爛漫をわざわざ掻《か》き集めておいて、ニッチ抜きのこのバンドはもう駄目だと、ことさら世間に示すような演出がなされていたとしか思えない。

主催者に顔のきくミュージシャンの嫌がらせなのか、より上層からの圧力か――。ほかの出演者たちの長ったらしい演奏やニッチへの弔辞、対照的にイヴェントのおまけのような爛漫の扱い。

他バンドとのセッションを固辞したという爛漫は、黙々と、ニッチの映像を背に伴奏だけを披露した。ときに会場から歌声が湧《わ》き上がったが、爛漫の売りの一つだった複雑な曲構成のせいもあって、大合唱にいたることはなかった。

挙句、最大のサプライズとなる予定だった鋭夫くんは、一曲も歌うことなくスタッフに担《かつ》がれて退場。彼は紹介すら受けられなかった。

「一般論としてはそうなります。でもなにが云いたいの？　誰かの感電事故に私が一枚噛《か》んでいたとでも？」

「だから、新渡戸鋭夫の感電事故のとき、その機材を担当していたのは――」

「ねえ、ちょっと」

と和気さんは私の言葉を遮った。

「さっきからなんだけど、ニトベエツオって誰？　爛漫のボーカルは新渡戸利夫《としお》。彼が亡《な》くなって、追悼コンサートでの爛漫は、残ったメンバーとニッチの生前の映像との組み合わせだった。誰が感電したの？　エツオって誰？」

「だからそれは、終盤で出てきたニッチのお兄――」

私は熱弁をふるいかけ、彼女のまっすぐな視線に気付いて、口をつぐんだ。嘘《うそ》や冗談をふくんだ眼差《まなざ》しではなかったのだ。私は怖気《おぞけ》立っていた。

また別なスタッフが和気さんを呼びにきて、私はテーブルに放置された。煙草《たばこ》の一本もふかして気を落ち着けたいところだったが、生憎《あいにく》と持ち合わせがない。

コートを着込み、ずだ袋、とよくむらさきさんからからかわれる大きなメッセンジャーバッグに頭をくぐらせ、私はセヴンスヘヴンをあとにした。

エレヴェータで地上に降り、路上から鋭夫くんに電話をかける。

鋭夫くんは出てきた。実在していた。

私は和気さんの奇妙な反応を伝えて、

「鋭夫くん、ちゃんと追悼コンサートのステージに立ったよね？　私の記憶が変なんじゃないよね」

(立ったよ、イントロを弾いただけで、ひと節も歌えなかったけど。唇がマイクに触れた瞬間、ぶっ飛ばされて、気が付いたら救急車の中)

「和気さん、鋭夫くんの存在自体を忘れてた」

(ほんと？)

「忘れてる。そうじゃなかったら演技の天才」

(すうっとどこかに吸い込まれて、消えちゃいそうだとは云《い》われたことはあるが)

「和気さんから？」

(ベースの史朗《しろう》にだよ。それにしてもくれないが、なんでそんなことに首を突っ込んでる？)

「趣味」

　と私は笑いながら去《い》なして、

「和気さん、一時的な現象にしても異常だよね。でも本当の本当、嘘をついてる顔じゃなかった。だいいち、いくら一人で主張してみたところで、他人の存在なんて消せるわけじゃなし。どういうことだと思う？」

（そうだな――逆行性の健忘《けんぼう》かもしれない。一時的にでも俺を殺してしまったと感じて、そのストレスから俺の存在を想起できなくなっている）

「それって要するに記憶喪失？　そう簡単に起きるかな」

（記憶喪失の一種だね。でも利夫なんか凄《すご》かったよ。女にこっぴどくふられた翌週にはもう、彼女の名前も顔もきれいに忘れていた）

「その程度の相手だったからでは」

（俺は、いずれ結婚するんだろうと思ってたけど）

「ふうん。でも和気さんは、事故が大事に至らなかったことも知らされているはず。未《いま》だストレスを抱えてるって変じゃない？」

（じゃあ、さっき俺が云ったのとは逆なのかも。俺をうまく殺せなかったからこそ、半端《はんぱ》じゃないストレスが生じた）

　初めて鋭夫くんと電話で話したとき、この人とはうまくやっていけそうだと感じ、相手もそう感じていることを望んだものだ。この人、私と同じ傾き方をしていると思った。

傾けているのではなく、生来の傾き。

すなわち私にとって彼はきわめて普通で、発せられる言葉も染《し》み入るように理解しやすい。

そのぶん彼と一緒にいると、まわりの景色全体が傾いて感じられてしまうのだが。

「鋭夫くん、殺されるほど恨まれるようなこと、彼女にした？」

（和気さんって——名前も、さっきくれないから教えられて初めて認識したんだが——顔も憶えてないや。リハーサルのとき、いたのかな）

「彼女と関わりのある、別の誰かには？」

（たぶん、してない。というか、俺という人間が存在すること自体、あまり多くの人は——）

彼はそのまま黙りこんでしまった。

「もしもし？」

返事はなかった。電波がわるいのかもしれないと思い、一度切って架けなおそうとしていたら、向こうから架かってきた。

（なぜ切る）

「無言になったから架けなおそうとしてた」

（ちょっと考えてた。俺を本気で殺そうとしたにせよ、隠遁《いんとん》生活に追い返すための脅しだったにせよ、俺という利夫の兄の存在を知って、切羽詰まった行動に出ざるをえなかったのは、きっと利夫を殺した奴《やつ》だろう）

「事故じゃなかったと？」

（利夫は酒飲みだったが、薬はいっさいやっていなかった。十代のころバンド仲間の醜態を目にして以来、毛嫌いしていた。それが独りでＯ　Ｄ《オーヴァードース》だなんて――なあ、くれない）

「ん？」

（弟を失ったショックから、俺もこの半年、一種の健忘に陥っていたようだよ。いまやっと回路が繫がりはじめた。利夫は誰かに殺されたんだよ。少なくともあの晩、あいつのマンションには別の誰かがいて、死にかけている利夫を、そいつは見捨てた。そいつがいた証拠は、丁寧に隠滅《いんめつ》されたことだろう。ところが瓜《うり》二つの俺が現れて、犯人は恐怖した。利夫と、その死の寸前まで親密に連絡をとり合っていて、意外な証拠を握っている可能性がある、と）

「アンプはニッチの私物？　会場の備品？」

（私物。というか俺との共有物）

「少しでも細工の痕跡《こんせき》が残ってないかしら」

（会場からそのまま代理店に送ってもらったんだが、まったく異常なしとしてうちに送り返されてきた。今にして、本番ではスペアのアンプと入れ替えられていて、細工されていたのはそっちじゃないかという気がする。どこかに記録映像が残ってると思うけど、イントロのあいだ、俺、しきりにアンプのほうを振り返っていた。音がリハーサルとぜんぜん違ったんだ。真空管アンプってのは個体差が大きくて、見た目も年式も同じなのに、別のメイカーかと思うほど違う音だったりする）

「スペアのアンプを用意したのは？」

（わからない。ステージの奥に置いてあるのを見て、気が利《き》くなあと思ったけど。イヴェント側だとは思うが、爛漫の誰かかもしれない）

「史朗くんにでも確認すれば」

（うん――ただなあ）

鋭夫くんの声は次第に小さくなっていった。

（今となっては、誰の言葉も信用できない）

爛漫のメンバーが一枚嚙んでいた可能性もあるのだと、私はそのとき初めて気付いた。

4

新渡戸鋭夫は、ニッチこと新渡戸利夫の、年子の兄だ。

現物同士はそれなりに違ったのだろうが、私のように生きているニッチに会ったことがない者には、髪型を変えたニッチとしか認識できない。それほどよく似ている。

ニッチの楽曲とされてきたものが、じつのところ兄弟の合作だったにも拘《かか》わらず、鋭夫くんの役割は、爛漫のファンどころかメンバーにさえ周知されていなかった。

弟とは対照的に、家のパソコンでできる仕事をほそぼそとやりつつ、隠者のように暮らしてきた人だ。そういう兄を、世間に対してやや恥じていたふしがニッチにはある。

詞も曲も、本当は六、七割、鋭夫くんが担《にな》っていたという。

ギターも、私が聴いたところニッチより遥《はる》かに鋭夫くんのほうが巧《うま》い。

でも鋭夫くんに、人前に出て自分の曲を演奏しようという気はさらさらなかった。

中学のとき真珠腫性《しんじゅしゅせい》中耳炎にかかったせいで、右耳がまったく聞えないから。

5

白い息を吐きながら深夜の道玄坂を下る。終電の時刻はとうに過ぎている。

その晩は渋谷のインターネットカフェに泊まった。すでに会員だったチェーンの一店だからか、年齢を問われたりといった面倒事はなかった。

隣室とは身長程度のパーティションで、通路とはカーテンで隔てられた、リクライニングチェアとパソコンデスクだけの小部屋。

周囲の客の鼾《いびき》や歯軋《はぎし》りがうるさいので、リストかバルトークで遮断すべく、ずだ袋からヘッドフォンを取り出す。

この巨大なリスニング用ヘッドフォンは、むらさきさんからの拝借物だ。彼女はスピーカーでしか音楽を聴かないため、長らく誰にも使われず埃《ほこり》もぐれになっていた。店で同じ型の物を見つけて値段を確かめたら、十二万円もした。

ふと思い直して、目の前のパソコンを立ち上げる。

ユーチューブで爛漫を検索してみると、出てくる出てくる。

PV《プロモーションヴィデオ》やライヴDVDからのコピーであれ、会場にビデオカメラを持ち込んで撮影したものであれ、勝手にアップロードするのは違法に違いなく、ときどき事務所やレコード会社が削除を依頼するのか、いっさい検出されないときもある。

その晩はずいぶん長いリストが出てきた。しかし、都合よく追悼コンサートを撮影したものは見当らなかった。

ヘッドフォンの端子をパソコンに挿して、「雨の日曜日」のPVを再生する。

情緒的な曲想とは裏腹に、演奏はのっけから激しい。

這《は》いまわるようなリードギターの音色、動きの多いベース、嬉々《きき》として変拍子風のフィルインを決めるドラム。

唄《うた》に入るといったんそれらは遠ざかり、ニッチが弾いているのであろうリズムギターと、彼の年齢に似合わぬ寂声《さびごえ》が曲を覆《おお》う。

すこしリズムがよろめいている。表拍《おもてはく》が前のめりで裏拍《うらはく》が遅いのが、ニッチのギターの癖のようだ。今のテクノロジーをもってすれば簡単に修正できるだろうに、あえて温存したものと思《おぼ》しい。

　またぞろ君の影を求めている　濡《ぬ》れた帽子の下から
　答はいつも視界すれすれに　羽搏《はばた》いては遠ざかる

映像はさまざまな角度からの、雨のスクランブル交差点を往《ゆ》き交《か》う人々、その傘の群れ。

「ハチ公前じゃないな。どこだろう」

と私はつぶやく。

ちょっと奇妙なタイミングで、再びベースが入ってくる。次の小節で辻褄《つじつま》が合い、三連符の頭が省略されていたのだと分かる。

やがて明瞭《めいりょう》になる耳鳴りのような超高音は、リードギターによるトリックだろう。指にはめた薬の小罎《こびん》を絃《げん》に滑らせる奏法を、レオから間近に見せてもらったことがある。あれかもしれない。

　フラッシュバックするニッチの横顔。一瞬なのでどういう状況で録《と》られたものかは定かじゃない。

　濡れたブーツ——は、たぶんニッチのものではない。

　降りしきる雨が溢《あふ》れて　街を溺《おぼ》れさせる
　捨てられたごみを浮かべて　過去を甦《よみがえ》らせる

6

　颱風《たいふう》がおとずれていた。

　駅から歩いているあいだに私たちの傘は何度も裏返り、ジッパーから水が浸《し》み入ったレインブーツは重たくなっていた。途中、路《みち》がすっかり冠水している場所があったのだ。

「替えの靴を持ってくればよかった」

斎場の階段で手摺《てすり》にもたれ、ブーツに溜《た》まった水を捨てながら、むらさきさんがぼやく。

「もうちょっと早く出てれば、ここまで直撃じゃなかったよ」

「仕方ないじゃない。編集部からの返事待ちだったんだから。ほい」

同じくブーツをひっくり返している私に、彼女はタオルを投げつけてきた。

「足も靴の中も拭《ふ》いときなさい」

どこからどう見ても思い出しても母親らしからぬこの人から、たまにこう母親然として命令されると、無条件に反発したくなる。

しかし私の肩にいつものずだ袋はなく、借り物のハンドバッグはヘッドフォンとアイポッドと、ハンカチ代わりの小さなタオルだけでいっぱいだった。

むらさきさんのコートの下は黒い礼服、私は簞笥《たんす》から掻《か》き集めた黒いジャケットや綿ニットやパンツという出立《いでた》ちだったが、ブーツだけはお揃《そろ》いだった。

足のサイズが同じなものだから、彼女はときどき同じ靴を二足買ってくる。このブーツのように結局は役立ってしまう場合が多いから、そのこと自体に文句はない。

ただ彼女が私に与えた物も自分の物も区別せず、きれいな状態のほうを履いて出掛けてしまうのには我慢がならなかった。

いま彼女が履きなおしたブーツだって、本当は私が履かずに温存していたほうの一足だ。それをなんの悪意もなく、まだ履いていなかった靴を発見したと思い込み、箱から出してさっさと履いてしまった。

そう私が指摘しても、

「じゃあ帰りに替えよう」

の一言で済まされた。

いかに仕事が出来ようとも、人間としては欠陥品だと、私はこの女性のことを思っている。

もちろん親とも感じていない。私の親は祖父母。

音楽ライター　向田《むこうだ》むらさき
くれない

すでに灯りが落とされた受付で、むらさきさんは芳名帳にそう記した。自分の肩書きを最も大きく、そして私の名前を最も小さく。

　ロビーは閑散としていた。密葬とは名目上のこと、きっと関係者やファンでごった返しているのだろうと想像していた私には、意外で目《か》つ心淋《うらさび》しい光景だった。

「もう皆さん、精進落しのお席に」

　一人だけ居残っていた制服姿の女性が、私たちに告げる。

「お焼香はできますか」

　インカムで男性スタッフが呼ばれ、私たちを葬儀の間へと導いてくれた――役目を終えてなお整列したままの折畳み椅子《いす》が、祭壇の照明を浴びて輝いているだけの、からっぽな空間へと。

「いま明るくしますので」

　いつしか私たちの傍を離れていたスタッフが、遠くから呼びかけてきた。

　消されていた灯りが点《つ》いた。

　祭壇中央の大きなモノクロ写真に、私は息をのんだ。

　そのまましばらく、呼吸するのを忘れていた。

　ニッチのその遺影は、私の知っているいかなる男性の姿よりも、愛らしく、神々《こうごう》しかったのだ。眉目秀麗《びもくしゅうれい》という言葉の意味が、初めて分かったような気がした。気がおけない仲間か家族に、不意に撮られたのだろう。驚いているような目許《めもと》。でも笑っている。無防備な笑顔だ。むらさきさんが記事を書いてる雑誌に見てきた、仏頂面《ぶっちょうづら》とはまるで違う。

むらさきさんに続いて焼香し、あらためてニッチの笑顔を見上げながら、なぜこの人はたった二十四歳で、死と戯《たわむ》れるような真似《まね》をしてしまったのだろうと想像をめぐらせた。ただの好奇心から？　それともなにかに絶望して？

遺影の真下に、愛用のエレキギターが立て掛けられていた。

青緑色の地に空色のストライプの入ったそのギターが、一九六九年製のフェンダー・ムスタングだったことを、今の私は知っている。大昔は菫色《すみれいろ》だったものが、経年によってそう、渋い色に変化したのだということや、その色と音色に惚《ほ》れ込んだ高校生のニッチが、夏休み、泊まり込みのアルバイトをして手に入れた物だということも。

振り返ると、むらさきさんは目を潤《うる》ませていた。

「気さくで明るい、いい子だったのよ。ステージやマスコミの前でのとっぽさはぜんぶ嘘《うそ》。私の記事もぜんぶ嘘」

そう彼女は云《い》って、笑いながら涙をこぼした。

ほかの弔問客たちがいるという地階に案内されながら、私は彼女に聞えるように呟《つぶや》いた。

「いっぺんでも、本当のことを書いてあげればよかったのに」

ややあって、彼女はこう答えた。

「彼は望んでいなかった」

さすがに通常よりは参列者の多い葬儀だったらしく、三つの座敷が人で埋まっていた。むらさきさんは迷わず人々がカラフルな座敷を選び、ブーツを脱いで上がった。

むらさきさん、と呼びかけてくる人も、頷《うなず》いたり手を上げて自分の存在を示す人もいた。さまざまな色の長髪、あるいは極度な短髪。

「ニッチのお父さん、あっちの座敷だよ」

その場には珍しく礼服姿の壮年男性が、彼女に近づいてきて教えた。

服装こそおとなしいが、よく見れば時代劇の主役でも張りそうな、精悍《せいかん》な容貌《ようぼう》だ。

「音楽生活」の発行人にして音楽生活社の社長、武ノ内氏だとやがて分かった。

「帰りぎわに簡単にご挨拶《あいさつ》しときます。ライターですなんて云ってもきっと、何者？　としか思われないし」

「お原稿、ありがとう。完璧《かんぺき》なものが入ったと連絡が来ています」

「いつもぎりぎりですみません」

「むらさきさんはそのぶん直しがないから、こちらとしては同じだよ。もちろん余裕をもって入稿してくださるに越したことはないけれど。噂《うわさ》のくれないさんだね。よく似ていらっしゃる」

氏は私に笑顔を向けた。私は小さく一礼した。

「見た目は一卵性って、よく云われるんですけど」

媚《こ》びているようなむらさきさんの口調が、私には気持ち悪かった。

「音楽好きも遺伝しているのかな。高校生？　最近の日本のロックはどうですか？」

彼に悪意がないのは分かっていた。しかし半ばの一言が、私の反抗心を煽《あお》った。むらさきさんの見栄《みえ》っ張《ぱ》りぶりをみごとに反映していたから。

私は愛想よく笑みを返して、

「聴く価値などないかと」

武ノ内氏は顔色を失ったまま、自分の席へと戻っていった。

「もう連れてこないから」

むらさきさんが私を睨《にら》みつける。

「次は誰が死ぬの」

「いい？　今夜、これだけは守りなさい。せめて爛漫は悪く云わない。なにか訊《き》かれたら、あんたの好きな『地下鉄にて』の話しかしない」

べつにそれが好きなわけではなかった。この曲はまだしも聴けるかと思い、そのあいだだけ彼女のＰＶ鑑賞に付き合ったのを、気に入ったものと誤解されたのだ。

私はだらだらと頷き、むらさきさんが武ノ内氏を追っていくのを確認してから、片隅の、まるきり別な空席に腰を落ち着けた。

長テーブルの反対の端で、比較的地味な風体の若者たちがビールを注ぎ合っているだけで、そこならば誰からも話しかけられずに時間を潰《つぶ》せそうだった。

バッグからヘッドフォンを取り出し、アイポッドのドビュッシーを聴きはじめた。

人がたくさんいる場所は嫌いだが、こうして聴覚を切り離していると、視界に入るすべてが水槽の中の出来事のように感じられ、水族館にでもいるようで、それなりに面白い。

すうっと目の前に料理を取り分けた小皿が押し出されたとき、私は武ノ内氏との話を終えたむらさきさんがやって来たものだと思った。

顔を上げると、テーブルの向こうにいた若者の一人だった。なかではいちばん目立つ、浅い色の長髪の青年が、ビールの罎《びん》を手に私になにか話しかけている。

私はヘッドフォンを外した。

「高校生？　大学生？」

彼の問い方には腹が立たなかった。

「未成年かって意味ですか」

彼は頷いて、

「よく追い返されなかったね。タイミングがよかったんだな。ビールでいい？　オレンジジュース？」

「ジュースを」

「どこにあるかな」

青年はよろけ気味に立ち上がった。

離れた席で心配そうにしているむらさきさんと目が合う。彼女のその表情から、卒然と私は気づいた。

この人たち、爛漫のメンバーだ。そして私のことを、紛れ込んできたファンだと思っている。

テーブルに置いたはずのヘッドフォンが消えていた。見回すと、別の一人が勝手に取り上げて、今しも耳にくっつけようとしていた。黒縁眼鏡に黒い短髪、最も地味に見えた一人だ。

私に頬笑みかけて、

「なに聴いてたの」

自分たちの曲だと思ったのだろう。私はわざと黙っていた。

え？　という表情ののち、彼は呟いた。

「ベルガマスクか」

正解だった。ドビュッシーの「ベルガマスク組曲」。

無名曲とは云えないから、そんな場でなければ、私もそうは驚かなかったかもしれない。

しかし続いての、ヘッドフォンを外しながらの彼の一言には、たとえ音楽大学の教授でもぽかんと唇を開いたと思う。

「弾いているの、パスカル・ロジェだよね」

思わずバッグをまさぐって、ディスプレイの表記が彼の目に触れていないことを確認した。そして訊いた。

「ピアノ、弾かれるんですか」

かぶりを振ったこの眼鏡の青年が、ベースの板垣《いたがき》史朗だ。

ちなみに彼の反応が消極的な嘘だったことを、私はのちに知った。ベース、ギター、チェロ、マンドリンといった弦楽器のみならず、ピアノやアコーディオンも弾きこなすマルチプレイヤー。

ただしいずれも独学で、かぶりを振ったのは、正式な教育は受けていない、という意味だった。

「そいつ、一度聴いた音楽は忘れないんだ」

三人めの髭面《ひげづら》の青年もまた近づいてきて、痩身《そうしん》に似合わぬバリトン歌手のような声で云った。

ドラムの福澤圭吾《ふくざわけいご》。爛漫のコーラスでは最低音を担当。唯一の妻帯者でもある。

「そんなことはない。けっこう忘れてるよ」

長髪が戻ってきて、テーブルに空のグラスとオレンジジュースの罎を置く。爛漫の最年長メンバー、リードギターのレオこと二宮獅子雄《にのみやししお》。本名やニックネームを意識していること明白な髪型だが、さすがにこの晩はカチューシャでボリュームを抑えていた。

ステージでウィスキーの罎を空にしてしまうほどの酒豪ぶりでも有名。その晩もビールだけでは物足りないらしく、スキットルで持参したウィスキーかなにかと交互に飲んでいた。そんなことをする人は初めて見たのでびっくりした。

スキットルから唇を離した彼は、吐息まじりに、

「藤原《ふじわら》さんが自分を爛漫に入れろってさ」

ほかの二人は、暗く口許でだけ笑った。やがて圭吾くんが、

「今夜する話じゃねえな」

「だね」

「じっくり考えよう、事務所の意見も聞きながら」

レオがテーブルに肘《ひじ》を突き、もじゃもじゃ頭を抱えて、

「鵜飼《うかい》さんはさっき、樋口《ひぐち》しかいないだろうって」

圭吾くんとのあいだに生じた、ありえねえ、とか、藤原さんよりまし、といったやりとりに、

「どうあれ、ふたりとも頑張ってくれ。俺は北海道に帰る」

と史朗くんが冷水を浴びせた。

爛漫がじつは二つの才能を同時に失ったことに、この時点ではっきり気付いていたのは、史朗くんだけだった。

稀有《けう》なパフォーマーであるニッチが、さらに鋭夫くんというブレーンを擁していたからこそ、爛漫には、若手バンドとしては抽《ぬき》んでた楽曲や、表現上のアイデアが溢《あふ》れていた。

その内実が知られていないものだから、ほかのメンバーの才気が過大評価される――とりわけマルチプレイヤーの史朗くんが。

過大評価だということは本人がいちばん分かっている。かりに自分が鋭夫くんと作曲チームを組んだとしても、同じ奇蹟は起きないだろうと予見していたし。そもそも鋭夫くんにその気がないことも知っていた。

なのに表面的なニッチだけを想定し、この穴ならば自分にも埋められる、あるいは誰かに埋めさせられると誤解する人々が、当時、わらわらと生じつつあった。

三人の語気が荒くなりはじめたので、私はまたドビュッシー空間へと戻ったが、それも束《つか》の間《ま》、今度こそ本当に、むらさきさんがテーブルにやって来た。私が爛漫の面々に失礼をはたらいていないか、気が気ではなかったのだろう。

私はあえてヘッドフォンを外さずにいた。爛漫の三人が一斉にこちらを向いた。むらさきさんが私の正体を教えてしまったらしい。

彼女の、顔の両側で手をばたつかせるジェスチュアが、ヘッドフォンを外して挨拶を、という意味なのは分かった。

無視していたが、やがて同じテーブルにむらさきさんと同年輩のもう一人が加わってきて、このときはさすがにヘッドフォンを外さざるをえなかった。ギタリストの岩倉理《いわくらおさむ》だったからだ。

私がむらさきさんに葬儀への同行をねだったのは、この瞬間のためだった。

7

携帯電話のヴァイブレータで目が覚めた。

まだ午前中だったし知らない番号からだったので、出なかった。いま起き出したら、時間の潰し方に困ってしまう。
七、八回コールが続いてからいったん切れ、すぐまた架かってきた。そのせわしない間《ま》に、私への親密さを感じた。
出てみた。鋭夫くんからだった。

(どこにいる?)

「渋谷のネットカフェ。東急ハンズの近く。なんで番号が違うの」

(あとで話す。だったらちょっとウェブで、新渡戸鋭夫で検索してみて。なにか出てくる)

「ニッチじゃなくて?」

（鋭夫で）

「――待ってて。電話置くよ」

パソコンをスリープから戻して検索する。

ニュースサイトに、名前はなかったものの鋭夫くんのことはたしかに載っていた。

鋭夫が利夫の入力違いとして処理され、上がってきた記事の一つだった。

爛漫のボーカル変死　重要参考人浮上
昨年8月末、人気ロックバンド爛漫のボーカル、ニッチこと新渡戸利夫さん（24）＝ポルトガル出身＝が、都内の自宅で合成麻薬の過剰摂取で亡《な》くなっていた事件について、警視庁は利夫さんの実兄（25）を重要参考人とし、所在の確認を進めていることを明らかにした。

　彼に読み聞かせた。

（やっぱり）

「ニッチってポルトガル出身だったの。鋭夫くんも？」

(最初に反応するポイントがそこか)

「脳味噌《のうみそ》で動けたのがそこだけだった」

(十二歳くらいまでヨーロッパじゅうを転々としてた。それよりくれない、俺は正真正銘の逆行性健忘に陥っていた。過度のストレスからか、肉体が受けたショックからかは分からない。コンサートの感電でぶっ飛ばされるまでは、ちゃんと憶《おぼ》えていたんだよ)

「なにを?」

(忘れもしなかった)

「だからなにを」

(利夫が死んだ晩、俺は自転車で利夫のマンションに行ってる)

「――なんで黙ってたの、私にさえ」

(インターフォンを押しても反応がなかったから合鍵《あいかぎ》で中に入って、リビングでちょっと作業して、一向に利夫が寝室から出てくる気配がないから、疲れてるんだろうと思って、そこまでのデータをUSBメモリに落して自分の家に帰った。よくあることなんだ。でも寝室のドアをノックして、どうしているか確認することもある。

あの晩はしなかった。してれば、利夫は死ななかったかもしれない。だから誰にも云《い》えなかった)

独白めいた、淡々たる喋《しゃべ》り方をする人だ。そのときもそう。

表面上、彼はとても冷静だった。

「どのくらいの時間、マンションにいた？　憶えてる？」

(レコーダーで利夫の作業の進捗《しんちょく》を確認して、歌詞のメモがないか探して——たっぷり一時間はいた)

「今はぜんぶ思い出せるのね」

(今朝、腹が減って、でも冷蔵庫に何もなかったから自転車でコンビニに行ってさ、戻ってきたら路《みち》のそこここに警察官が立ってるんだ。近所で変な事件が起きたのかなあ、厭《いや》だなあ、と思いながら走ってたら、自分のアパートの前に刑事コロンボみたいな人たちが見えて、その瞬間に記憶の隙間《すきま》が埋まった。スピードを緩めずにそのまま二駅先の、ほら、例の忘れ去られていた利夫の元彼女の家に行って、形見として渡してあった利夫の携帯を借りてきた。ちゃんと使えたんで、それから架けてる)

「よく私の番号憶えてたね」

（登録の仕方がよく分からないから、これまでも記憶で番号押してた）

「なんと。ていうか、なんで逃げたの。悪いことしてないんでしょう？」

（また罠《わな》を仕掛けられていると感じた。くれないが推理したとおり和気さんはアンプに細工をし、俺を感電させたんだ。それをくれないに指摘され、やがて記憶が甦《よみがえ》って、たぶん黒幕に相談した。いっそのこと俺が利夫を殺したことにすべく、黒幕が動いた）

「考えすぎのような気も」

（でも利夫は死んだ。薬を嫌悪《けんお》していた弟が、違法薬物のＯＤで）

「そうだった。いまどこにいるの。その電話も危なくない？」

（居場所は教えない。くれないのために教えない。でもちょっと頼みがある。あとでセヴンスヘヴンに行って、和気さんがいるかどうか確認してくれ。いたなら、うまく外に誘い出してほしい。頃合をみてこっちから電話するから、くれないからは架けるな）

「誘い出してどうするの」

（まだ決めてない。一緒に警察に出頭させるか、こっちに協力するよう頼み込むか

――）


「感電事故とニッチの死が、本当に関係しているとは限らないのに」

（でもほかの突破口を思い付かない）

「分かった、セヴンスヘヴンには行く」

（三時か四時には誰かがいるはずだから）

「ごめん、あの」

正直に云っていいものかどうか迷いながら、

「その時間、私――ちょっと約束が。鋭夫くんが焦《あせ》っているところ申し訳ないんだけど、そのあとでいい？　早くて五時くらい」

彼は噴き出して笑い、

（かえって気が楽になった。焦らずに夕方を待つよ）

8

ネットカフェのシャワーを使い、ずだ袋に常備してある予備の下着に替える。

過剰な暖房にさらされていたせいか、セーターがすこし汗臭かったが、そういう私のためにちゃんと衣類用の消臭スプレーが受付に備えられていて、心憎いったらない。

ドネルケバブの露店でピタサンドウィッチを買って路上で食べたあと、東急デパートを上から順に丁寧に散策して、それでも時間を潰《つぶ》しきれずに、Ｂｕｎｋａｍｕｒａの入口のベンチでまた音楽を聴いて過ごした。

祖父母と暮らしていた地方都市のデパートには楽器売場があり、ギターやドラムの売場より、ピアノやヴァイオリン属や管楽器の売場が大きく、ちょうどデジタルピアノがピアノの主流になりはじめた頃で、行けば、ヘッドフォンをあてがわれて心行くまで試し弾きさせてもらえた。

渋谷に楽器店は多いけれど、鍵盤《けんばん》にピアノっぽい質感があるキイボードには滅多に出会わない。会えたとしても、まともに弾けると見るやすぐ店員のセールストークが始まってしまうので、のんびりと弾いてなどいられない。

むらさきさんと暮らしている世田谷のマンションにも、デジタルピアノがあるにはある。私のために買ってくれたものだが、なにぶん私がなるべく家に居たくないものだから、触れる機会は少ない。

もう長いこと、真剣にピアノを練習していない。ずいぶん弾けなくなっているような気がする。

ホルヘ・ボレットが弾く「ラ・カンパネラ」をヘッドフォンに流しながら、膝《ひざ》の上の架空の鍵盤に指を走らせてみた。

左手の指が、やっぱり動きにくくなっている。現実の鍵盤だともっとひどいだろう。

鋭夫くんと初めて会ったときも、私の頭のなかには「ラ・カンパネフ」が流れていた。好きな曲だし、自分の技術を確認するのに適当で暗譜してもいるから、意図して「ラ・カンパネラ」スウィッチを入れるのは簡単だ。

でもあのときは、勝手にスウィッチが入った。気が付いたら入っていた。あの颱風《たいふう》の晩の、斎場だ。岩倉理との短いやりとりと名刺を貰《もら》えたことに満足した私は、座敷を抜け出し、独りで地上階の葬儀場に舞い戻ったのだ——もう一度、ニッチの遺影を眺められないものかと思い。

祭壇の、蠟燭《ろうそく》を模したちまちました灯りは思いのほか暗く、遺影は遠目に男か女かも分からないほどだったが、最前列の椅子《いす》に、静かに坐《すわ》って冥福《めいふく》を祈っているらしいご同類の背中を見出《みいだ》すことができた。それだけでも上がってきてよかったと思えた。

私の靴音に、その人物は——まさかほかに人が入ってくるとは思っていなかったのだろう——逃げ出そうとするかのように立ち上がった。

私は一礼しながら祭壇に近づき、頭を上げて——「ラ・カンパネラ」スウィッチが勝手に入ったのはその瞬間だ。

うすぼんやりとした遺影と、まったく同じ顔が私を見返していた。

「——生きてたんですか」

と私は彼に訊《き》いた。彼はかぶりを振った。

それで私はてっきり幽霊と対面しているものと思い込み、矢継ぎ早に彼に質問したのだ。

どうして死のうと思ったの？　あれは事故だったの？　いま天国から戻ってきてるの？　これから行くの？　私のお祖父《じい》さんとお祖母《ばあ》さんへの伝言頼んでいい？

「あとで電話するよ。番号教えて」

私は携帯の番号を云った。彼は頷《うなず》いてその場から立ち去った。

後日、本当に架かってきた。背後で犬の声がした。

「犬がいる」

「うん、近所のが吠えてる。うるさいけど可愛《かわい》い奴《やつ》だよ。犬は好き？」

「大好き」

ニッチの幽霊からなのか、別な生者からなのかよく分からないままに、私は彼と犬の話をし続けた。祖父母と暮らしていた家には、黒い雑種の老犬が飼われていた。彼も、中高生のころ家に黒犬が居たと云った。

どうしたことか私たちは、長々と犬の話ばかりしていた——。

目の前にサングラスを掛けた岩倉理の顔が生じた。しゃがみこんで私を見上げ、なにか問い掛けている。

私はヘッドフォンを外した。

「なに弾いてたの」

「——リスト」

「ピアノ歴はどのくらい？」

「三歳から、十五歳までは辛うじて。ここ二年間はろくに練習してません」

「予定を変えて、どこかのスタジオでセッションするか」

「譜面どおりにしか弾けないから、きっと面白くもなんともないですよ」

「爛漫の連中とは、あのあと意気投合してスタジオで遊んだって聞いたよ」

「あれは、リハーサルを見学させてもらってたら、たまたまベースの史朗くんがスコット・ジョプリンの楽譜集を持ってきてたんです。で、弾いてみてって云われて、そしたらみんなが合わせてくれて――」

「ラグタイムのスコット・ジョプリン？　その譜面をたまたま？　君のために用意してたんだろう」

「そうかも」

本当は、彼と一緒にスタジオに入りたかった。外のノイズをいっさい遮蔽《しゃへい》した空間で、ふたりになりたかった。

でも彼の前でピアノを弾くのは怖かった。こんなものか、と落胆されそうで。

「鋭夫くんが即席の歌をうたったりして、楽しかったけれど」

「誰？」

「新渡戸鋭夫。ニッチのお兄さんで——追悼コンサートで共演なさいましたよね？」

「そんな人が出たんだ。俺、自分のリハと本番以外は、ラジオ番組や雑誌の取材で外にいたから」

鋭夫くんがまた遠ざかった。

岩倉氏のプロフィールはすっかり頭に入っている。むらさきさんと同い年で、長崎の出身。

いちおうギターも弾ける、という感じのアイドル歌手として十代でデビューしたが、鳴かず飛ばずで、いったん芸能界から退いて、渡米。

現地でギターの腕を磨き、メンフィスのローカルバンドの一員として、幾つものロックフェスティバルに出演。評判は日本にも届き、やがて海外のアーティストとして来日するようになった。

現在は日本を活動拠点としているが、ＣＤのリリースは未《いま》だアメリカから。

そしてたぶん、私の父親。

具体的な根拠はない。むらさきさんと渡米期間が重なっていること、彼女の膨大なロックCDコレクションになぜか岩倉理は一枚もないこと、そのわりに彼の音楽活動にも私生活にも詳しいこと――。

なにより、私はこの人に似ている、と自分で思うのだ。

テレビで初めて見たとき、なんとも奇異な感じがした。

顔立ちや体型のそこかしこ、声の質や動作。むらさきさんとより、祖父母とより、岩倉氏とのほうが私は似ている。

「じゃあ予定どおりエッシャー展にしよう。なんで向田むらさきの娘が俺とエッシャーを観《み》たいんだか、未だに分からないんだけど」

「どこでもよかったんです。会ってくださるなら」

「へえ」

と彼は満更《まんざら》でもない顔をした。

そうして地階のミュージアムで、岩倉氏とふたり、M・C・エッシャーの版画を眺めた。しかし私の意識はひたすら岩倉氏の横顔と言葉に集中していたので、なにが飾られていたのか思い出そうにも、買ってもらってあとから眺めた目録の記憶とごちゃ混ぜだ。

売店での彼はほかにも、エッシャーの画《え》に出てくる蜥蜴《とかげ》を立体化した携帯ストラップも買ってくれた。自分は同じ蜥蜴がプリントされたネクタイを買って、

「お揃《そろ》いだ」

と喜んでいた。

やっぱり、とその瞬間は思ったのだが、それ以外、彼がいかにもな父親っぽさを覗《のぞ》かせた瞬間はなかった。あくまで私は、音楽ライターの娘、もしくは若いファンの女の子扱いされ続けた。

ミュージアムを出て地上にあがると、エントランスの向こうはすっかり暗くなっていた。

鋭夫くんから電話が架かってきた。

「ごめん、もうちょっとだけかかる」

(分かった。おとなしく待ってる)

「鋭夫くん、いまどこにいるの」

(わりとくれないの近く。またこっちから架ける)

私は辺りを見回して、

「そっちから見えてるの？」

電話はすでに切れていた。

「ニッチのお兄さんが彼氏か」

「――え？」

「いまエッオくんと」

「ただの友達ですよ」

さらりと否定できず、妙に力が入ってしまい、ばつが悪かった。

「まだ時間があるから一緒に飯でもと思ってたけど、次の予定があるなら俺はここで消えるよ。空気の読めないおっさんだと思われたくない」

思わずかぶりを振った。

「近くのライヴハウスに、ちょっと用事があるだけで」

「どこ？」

「セヴンスヘヴン」

「じゃあすぐそこだ。道玄坂じゃなくてあっちの路地を抜けると早いんだよ」

9

岩倉氏に先導されてセヴンスヘヴンに向かうという、予想外の展開になった。

エレヴェータから姿を現した岩倉理を、受付の女性ははじめ本物とは思わなかったようだ。どちらのバンドの——と訊きかけて、はっと目を瞠《みは》り、口を噤《つぐ》んだ。

「店長を」

と岩倉氏が命じる。

店長が呼ばれて出てきた。岩倉氏を視認するや、軍人のように直立不動になった。

氏は私を振り返って、

「なんだっけ。なんの用事?」

「PAの和気さんは、今日は——?」

「和気ですか。今日も予定は入ってたんですが、田舎のお父さんの具合が悪いとかで、しばらくのあいだ欠勤したいと云《い》ってきまして」

「田舎ってどちらですか」

「ええと、島根か鳥取か、岡山か、広島の——どれかだったと」

「ちゃんと知りたい？」

岩倉氏が私に問い、私が頷《うなず》くと、彼は店長に向かって、

「調べて」

店長は店内に飛び込んでいった。しばらくして顔を出して、

「緊急時の連絡先がこれなんで、ここが実家だと思います」

と岩倉氏に電話番号のメモを差し出した。彼はそれを私に渡し、

「これで用事、済んだ？　なら一緒に飯でも。渋谷を離れても大丈夫？」

私は迷った。鋭夫くんが近くで待ち構えているに違いないからだ。

「もうすこしここで、連絡を待ちたいんですが」

岩倉氏は頷き、店長に、

「中、いい？　リハーサル中？」

「リハはもう終わって、客入れの準備中ですけど、どうぞ。お飲み物は出せますんで」

カウンター席へ案内されたが、岩倉氏はすぐさまステージに近づいていき、スタ

ンドに準備されているギターを物珍しげに眺めはじめた。

おずおずと傍へ寄ってきた若者に、気さくな調子で、

「君の？　これ本物？　チャーリー・クリスチャンと同じじゃないか。最近の子は
いいの持ってるなあ。俺の若い頃なんて、ギブソンって口に出すだけでどきどきし
てたのに」

「あの、どうぞ、触ってください」

「いいの？　ちょっと遊ばせてもらおうか。店長、客入れまでにまだ時間ある？」

スタッフとその夜の出演者たち、総勢二十名ほどが店内にいた。岩倉氏がステー
ジに上がるや、みな色めき立ってその周囲に押し寄せた。

氏はアンプを調整し、椅子に掛け、ギターの弾き心地やチューニングを確かめた。

マイクロフォンを引き寄せて、

「いいギターだ」

カウンター席の私に手を振る。やがて歌いはじめたのは、爛漫の「地下鉄にて」

だった。「雨の日曜日」以前の、彼らの最大のヒット曲。

私へのサーヴィスのつもりなのだろう。嬉《うれ》しくも、居心地悪くもあった。

運動会で張り切る父親に対して、恥ずかしい、と連呼していた同級生を思い出した。これが、あの気持ちか。

しかし曲が佳境に入り、氏が原曲よりずっと長く激しいギターソロを披露するに至って、幸運な観客たちは沸きに沸き、私の胸中は誇らしさで満ちていった。爛漫のレオもテクニシャンとして通っているが、表現力の格が違う。しかもこちらはバンドではなく、借り物のギターを抱えたたった一人なのだ。

ごりごりと低音を乱打していたかと思うや、低音を残してハーモニー進行を示しつつ、ネックの半ばで情緒豊かなメロディを奏《かな》ではじめる。不意に、よく指が届くものだというほどの高音へと跳んで、でも低音は鳴り続けている。いったいどうやってるんだか、皆目見当がつかない。

「二番の詞は憶《おぼ》えてないんだ」

岩倉氏はソロを止《や》めることなくマイク越しに笑い、洒落《しゃれ》た転調を重ねて自分の持ち歌に繋《つな》げ、そちらは最後まで歌いきって、喝采《かっさい》のなか、ステージを降りた。ギターを貸してくれた若者と握手を交わす。

「なんでも弾けるんですね」

カウンター席に戻ってきた氏に云うと、

「ちゃんと練習したんだよ。爛漫に入れてもらおうと思って」

との返事。

「冗談でしょう？」

「必ずしも出鱈目《でたらめ》じゃない。残ったメンバーが困っているようなら、俺のバックに引き入れてもいいかなと。とりわけベースの板垣史朗。彼は伸びるよ。デビューしたときから目を付けていた。こいつと一緒にだったら、物凄《ものすご》い音楽を創《つく》れるかもしれないって」

電話が架かってきた。すっかり熱っぽくなった店内の騒音を避けるため、いったん外に出る。

通話中、私はドアの硝子《ガラス》越しに、何度も岩倉氏を振り返っていた。ギターを貸した若者がサインを求めている最中で、こちらと視線は合わなかった。

やはり岩倉氏にとっても、ニッチや鋭夫くんは邪魔者だった。精進落しの座敷での彼の口調には、メンバーに自分を売り込んでいる気配がはっきりとあった。

私が「音楽生活」の武ノ内氏に頼みこんで追悼コンサートのスタッフを調べても

らい、和気さんを訪ね、岩倉氏にも思い切って面会を申し込んだのは、その記憶ゆえだ。

鋭夫くんの感電事故によって生じた、胸中のわだかまりをなんとかしたかった。

しかし行動の結果、それはより大きな暗雲と化していた。

10

鋭夫くんにメモの電話番号を伝えると、

(なるほど、中国地方の田舎って感じの番号だな。今から場所を確認して、行ってくる)

と云いだした。私はびっくりして、

「お金あるの？　下手にクレジットカードとか使ったら——」

(そこから足が付くだろうね。ヒッチハイクでもするか)

「本気？」

(けっこう本気。くれないの話しぶりから、和気さんってのは根っからの悪人じゃ

ないような気がするんだよ。だとしたら突破口になってくれる)

「とにかく気をつけて――」

岩倉氏と一緒にいることはなんとなく云えぬまま、通話を終えてしまった。

それからまる三日間、私はじりじりと彼からの連絡を待ち続ける羽目となった。命じられたとおり、自分からは決して連絡しなかった。どんな状況にいるか知れない彼の電話をうっかり鳴らして、彼を窮地《きゅうち》に陥らせるのが怖かったのだ。

セヴンスヘヴンから出てきた岩倉氏は、私をタクシーで原宿のチュニジア料理店に連れていってくれた。

常連らしく、チュニジア人の接客係が、

「岩倉さんはいろんな美女を連れてきてくれる」

と皮肉を云う。この人物は店主でもあることを、やがて知った。岩倉氏と私とを見比べて、

「娘さん?」

「違うよ」

と氏は笑った。

壁の青いタイルは目に麗《うるわ》しいものの、店内に流れる平均律《へいきんりつ》に収まりきらない現地の音楽には、どうにも違和感を拭《ぬぐ》えなかった。これは私の側の問題だ。

私には絶対音感がある。

むらさきさんは幼い私に音楽の英才教育を施さんとして、考えつくかぎりのあれこれを試みた。ピアノは一流の先生の許《もと》でのスパルタ式、音感トレーニング教室とかいうのにも親子して通ったし、買い与えられたのは絵本より漫画よりまず楽譜。日本語の読み書きよりおたまじゃくしの読み書きを覚えるほうが早かったくらいだ。

ところがむらさきさんの音楽ルポルタージュがベストセラーになり、雑誌にラジオに引っ張りだことなるや、彼女の教育への情熱は急速に冷めた。自分自身のプロデュースに忙しくなったのだ。

やがて私は祖父母の許に預けられっぱなしになった――アップライトピアノ、および大量の楽譜と一緒に。

そういった事情からいつしか身に付いていた絶対音感は、しかし、ドレミファソラシに五つの半音を加えた、西洋十二平均律の音感に過ぎない。ピアノ音感、と云い換えてもいい。

エレキギター奏者が絃《げん》を捻《ねじ》るようにして音程を上げる、いわゆるチョーキングだったら、そのうち耳触りのいい音程に落ち着くと分かっているから安心して聴けるが、どの鍵盤《けんばん》にも当て嵌《は》まらない微妙な音程を平然と引き延ばす、インドやイスラム圏の伝統音楽、尺八の音楽などは、ひたすら調子が狂いっぱなし、としか認識できない。

店主は、もちろん未成年だと見て取っているだろうに、岩倉氏が注文したロゼワインを私のグラスにも注《つ》ごうとした。許可を求めて氏のほうを向く。

「むらさきさんとこ、世田谷だっけ。飲めるんだったら、いいよ、飲んで。俺が家まで送って、無理やり飲ませたと言い訳してあげるから」

「そのときは納得して見せても、あとで私が攻撃を受けます。ネットカフェででも酔いを醒《さ》まします」

「そういう生活送ってんの？　だったらせめてうちに泊まりなさい。娘みたいな子に手を出したりはしないから、安心していい」

「ていうか、娘ですが」

氏はきょとんとして私を見つめた。

「――そう思ってたのか。ありえない話だ」

「なぜですか」

「注いであげて」

　と彼は店主に云い、私に視線を戻して、

「幾つ？　正直に云って大丈夫。この人、日本語分からないから」

「ゼンゼンワカリマセン」

「十七になりました」

「ということは約十八年前だ――俺は日本に居なかったよ」

「向田むらさきも渡米していました」

「そうなの？　でも出会ってない。知り合ったのは、俺がこっちに戻ってきてからだ」

「今にして思えば、若い頃の向田むらさきだったかもしれないという女、いませんでしたか」

　彼は肩を竦《すく》めて、

「いなかったね。ともあれ、俺が君に手を出しえないって点で、すでにふたりは合意しているわけだ。だったら今はワインと食事を楽しもう。家には帰りたくない、俺の家も嫌だってんなら、その辺にホテルをとってあげる。もちろん君だけが泊まるんだ」

私は下手なタイミングで口を滑らせたことを悔やみ、捨《す》て鉢《ばち》な気分で、酸味のきいたワインをごくごくと飲みはじめた。すこしでも量が減ると、すぐさま店主が注ぎにくる。

店の客は私たちだけだった。閑《ひま》なのだ。

アルコールはもちろんのこと、物珍しい料理と、調子が狂っているとしか感じられない音楽にも、やがて私はすっかり酔ってしまい、一時間後には、ずだ袋を岩倉氏に預けたままタクシーに連れ込まれていた。

「もしなにかしたら、近親相姦《そうかん》ですよ」

と、思い返せば顔から火が出るほどの勢いと言葉遣いで、氏に主張した辺りまでは、かろうじて憶えている――。

頭痛に耐えかねて目を覚ますと、そこは見たことのない清潔な小部屋の、ベッドの上。

窓は外の光で明るく、私は昨夜の衣服のままだった。

起き上がると頭痛は激しさを増した。舌といい咽《のど》といいすっかり水気を失っていて、口を開くのも難儀だった。

水を求めて室内を見回す。

テレビの下に小さな冷蔵庫があり、扉を開くとミネラルウォーターのペットボトルが入っていた。蓋《ふた》を捩《ね》じ開け、ラッパ飲みする。

すこしはましな気分になった——ような気がした。

さらに室内を探索する。コートとずだ袋はクローゼットに収められていた。ライティングデスクの上にはレストランの朝食券と、口をテープで留めた大きな紙袋。中身は真新しいカシミアのカーディガンと、同じブランドのジーンズだった。私のサイズだ。

酩酊《めいてい》状態で岩倉氏に強請《ねだ》ってしまったのだろうか。まったく憶えていない。

それとも抱えた私のあまりの汗臭さに、慈善の心が芽生えた？

強請ったほうが、まだしもましに思えた。

11

二日ぶりに自宅に戻った私だったが、

「お帰り。おなかが空《す》いてるならラーメンでも食べてて」

と部屋から出てきたむらさきさんに云《い》われただけで、お説教もなければ、どこに居たのかという詰問《きつもん》もなし。コートの下が新品の衣服だということにさえ、彼女、気付かず。

彼女はダイニングを泥棒のように漁《あさ》り、ウィスキーの罎《びん》を発見するとそれを胸に抱え、何日も入浴していないこと定かなぼさぼさ頭を掻《か》きむしりながら、巨鳥の巣のような自室に戻っていった。締め切り前らしい。

やがて漏れ出してくる大音量のロック。

私への嫌がらせならまだしもだが、なんの悪意もないのだから取り付く島がない。自分の筆が世界を変えると本気で信じ、周囲はその活動の犠牲となって当然、むしろ喜んでいるはずだと考えている。

彼女が使わなくなってリビングに移動させられた、古めかしいデスクトップ・パソコンを立ち上げる。ニッチの実兄に関する情報を漁ろうとするも、これといった続報、見つからず。

鋭夫くんに読み聞かせたあの記事を見つけて眺めながら、ニッチにはちゃんと兄がいるのだ、鋭夫くんは幻じゃないのだ、と自分に云い聞かせる。

云い聞かせすぎて不安になってしまい、むらさきさんのドアを叩《たた》いた。

返事はない。

というか返事していたとしても音楽で聞えないので、勝手にドアを開けて中に入り、床に散乱している郵便物や衣類を避《よ》けながらオーディオセットの前まで進んで、スイッチを切った。

「爛漫のニッチにはお兄さんがいた。私はその人を知っている」

むらさきさんはノートパソコンの画面を凝視したまま、

「鋭夫くんと喧嘩《けんか》でもしたの？　仲裁とか頼まれても御免だから」

私は彼女の背中を見つめた。

「ありがとう」

「皮肉？　とにかく仲裁なんて御免だから。出ていく前にちゃんと電源入れてプレイボタン押して」

「――ついでに教えて。私の父親っていまどこで何してるの？」

「何度も教えてきた」

「ちゃんと答えて」

「天国でギター弾いてる」

「ヘヴンで？」

「そう、ヘヴンで」

12

「ごめんごめん、お待たせ。すぐまた学校に戻るけど、でも三十分くらいは大丈夫」

　赤羽根先生が駆け込んでくると同時に、爛漫の「雨の日曜日」が流れはじめ、どこかで鋭夫くんがＢＧＭを操作しているんじゃないかと思った。

喫茶店の中をぐるりと見回したが、先生以外、こちらを向いている視線はない。先生は相変わらず、なぜそこまで頑張るのかと思うほどお洒落《しゃれ》だった。その日は、エルメスかそれ風の臙脂《えんじ》色の上下に、目が覚めるほど鮮やかな緑色のコート。

私の在学中から痩《や》せたり太ったりが激しい人だったが、今はだいぶほっそりしている。

もともと顔かたちの整った人なので、もし身長が高かったなら、撮影現場から抜け出してきたモデルと思われること請け合いだ。

「どうしたの、突然。訪ねてきてくれて嬉《うれ》しいけど」

先生のコートの色や無邪気な表情に、気分を昂揚《こうよう》させられた私は、つい上を指差し、

「この曲、先生、知ってます？」

彼女は脱いだコートを畳みながら、

「爛漫でしょ？　ＣＤ持ってる」

「意外」

「この曲をじっくり聴きたくてベスト盤を買ったの」

自分のことのように――いや、自分のことよりも嬉しかった。

「私の説得でこのリリースが決まったって云ったら、先生、信じてくれますか」

先生は水を運んできたウェイトレスにココアを注文したあと、あっさりした口調で、

「信じる。向田さんは強情だけど嘘《うそ》はつかない子だったから」

「よかった」

「そういえばお母さんが音楽関係だものね。メンバーと知り合いなの？　この曲を仕上げたあと、ボーカルの子、亡《な》くなっちゃったんでしょう？」

「逆なんです。ニッチが亡くなったときこの曲は、彼が小さなレコーダーで録《と》った、メモみたいな録音でしかなかった。それを残された人たちが、切り貼《ば》りしたり伴奏を付けたりして、ここまで仕上げたの」

先生は目を見開いた。

「そんなこと出来るの？　とてもそうは聞えない」

「技術の進歩のお陰《かげ》もあるけど、残されたメンバーの演奏が完璧《かんぺき》に歌に寄り添って

いるし、どうしても使えなかった部分や足りなかった部分は、じつはニッチのお兄さんが歌い足しているの。そっくりな声なんです」

「それを、こうして私が普通に聴いてるんだ。奇蹟《きせき》みたいな話ね」

「でも今は、完成させてあげなよって勧めたこと、ちょっと後悔してもいます」

「なぜ？　すごくいい曲じゃない」

「ファンを騙《だま》してるみたいで。それにあれ以来、いろんなことに現実感をいだけなくなってて。私の現実も、この曲みたく頭のなかで編集されたものなんじゃないかって――ニッチのお兄さんも、実在してるのかどうか、ときどき分からなくなる」

先生は、あれ？　となにかに気付いたような表情をし、それからくすくすと独り笑いした。

「――ごめんなさい、向田さんを笑ってるんじゃないの」

また笑いだす。私は次の言葉を待った。

「向田さん、その人のこと好きなんでしょう」

うまく答えられなかった。

「声や顔、いい感じに思い出せる？」

「顔は——」

つい首をかしげてしまった。なんだか確信がいだけなかったのだ。

鋭夫くんとまえ直接に顔を合わせたのは、いつだったろう？

私たちは電話で話してばかりで、同じ空間に身を置いてきた時間は、案外と短い。鋭夫くんの顔を思い浮かべようとすると、どうしてもニッチの遺影がさきに現れてしまう。

「でも、喋《しゃべ》り声ははっきりと思い出せます。たぶん——大好きなんだと思います」

「じゃあ充分じゃない。なにを不安がってるの。自分は無駄のない現実的な人生を送ってるっていう確証でも欲しいの？　私なんてあなたの年頃には、宇宙人に恋していたっていうのに」

「アニメとかですか」

「リアルにリアルに、身も世もなく。そういう記憶が、断片的にだけど確かにあって、荒唐無稽《こうとうむけい》としか云いようがないんだけど、でもね——いまそのことで笑ってしまったの——私、今でもその人のことが好きなの」

どう切り返せばいいか分からなかった。そんな私を先生はきろっと睨《にら》みつけ、

「どうぞ呆《あき》れててちょうだい。向田さんだっていずれおばさんになるのよ」

「年齢の話は関係ないような。どんな感じの宇宙人だったんですか。『マーズ・アタック』みたいな？」

「なんか思い出を汚《けが》された感じ。超絶にかっこよかったってば――たぶん」

「たぶん？」

「たぶん」

と、先生はなぜか自信たっぷりに云った。

「人間の記憶って不思議ね。今もときどき閃《ひらめ》くみたいにその頃の感情が甦《よみがえ》ってきて、うわって泣き笑いしちゃうの。楽しくて悲しいの。もし人生のフィルムを巻き戻して観察できたとして、そして科学者やお医者さんから、赤羽根さん、これは映画の記憶ですよとか読書した記憶ですよと指摘されたとしても、だから？　としか私は思わない。だってこの感情は本物だから。本物の勇気だから」

「勇気ですか」

「シュトルム・ウント・ドランク。人を好きになることも芸術を好きになることも、疾風《しっぷう》怒濤《どとう》の勇気の証《あか》しだと思わない？　高校生の私は勇敢だった。だから今だって勇敢でいられる。有閑マダムの有閑じゃなくて」

「分かってます」

「やっぱり高校に行ってみる気はないの？　学校は嫌？」

「登校拒否の苦しさって、登校できる人には分からないと思います。我儘《わがまま》なんじゃなくて、実際に肉体が苦しいんです。登校中に、なんとかうまく自動車に轢《ひ》かれたいと願うくらい」

彼女はこくり、やがてまたこくりと頷《うなず》いて、

「じゃあ無理に勧めたりはしません。だいいち向田さんは、学校を出るまでもなく、すでにじゅうぶん世の中の役に立ってるし」

「たとえば？」

「『雨の日曜日』」

先生のココアが来た。彼女は一口啜《すす》って、

「熱すぎ。なにこれ」

「お忙しいのに、今日はどうもありがとうございました」

「本題に入りましょうか。なにか相談があったんじゃないの」

「なんとなく、もう、すっきりしました」

彼女は目を瞬《しばた》かせたが、やがて破顔し、

「じゃあ良かった。私も、久し振りに向田さんの顔を見られて嬉しかった。これを飲み終えるくらいまでは時間があるから、雑談でもしましょうか。最近興味のあることとか」

「相変わらず音楽のことしか知らないです」

「じゃあ爛漫の話を、もっと」

ニッチがこの世に残した「雨の日曜日」のデモ録音は、あくまで鋭夫《えつお》くんに聴かせるためだけのものだった。

携帯電話くらいのサイズの簡易レコーダーで録《と》られていて、音の品位自体が低く、ノイズも多く、テンポも揺れていた。とてもじゃないが、そのまま商品化できるような代物《しろもの》ではなかった。

初めて待ち合わせた公園で、鋭夫くんが片手に握り締めていたのが、そのレコーダーだ。いつも持ち歩いて、聴力のある左の耳で弟の声をきいては、彼の生前には云《い》えなかったことを囁《ささや》き返していたのだ。

誰かと電話で話しているのだと思った。用事が終わってから話しかけようと、すこし離れた場所に立ち止まっていた。

彼はこちらに気付くや、慌《あわ》てて通話を切った——というふうに私には見えた。

「ゆっくり架けてて。待ってるから」

「電話じゃないんだ」

彼はレコーダーを私の耳に近付けた。歌だとは分かったが、音が小さくて詞も音程もよく聴き取れない。

私はずだ袋からヘッドフォンを出して、

「繋《つな》げられる？」

「そんなでっかいの、いつも持ち歩いてるの？」

端子をレコーダーに繋げてもらい、私はその短い曲を最初から最後まで聴いた。

正直なところ、変な歌、としか思わなかった。でも魅力的な声だった。

ヘッドフォンを外して、

「これ弟さん？　ニッチ？」

鋭夫くんは頷《うなず》いた。

「こういうのを渡してきて、俺が足りない部分を作って——そういう繰り返しでやってきたんだ」

「私、ごめん、爛漫《らんまん》ってちゃんと聴いたことないの。なんて曲？」

「メモからすると、たぶん『雨の日曜日』って付けるつもりだったんだと思う。まだ世に出ていない曲だよ」

「完成させるの？」

「させない」

「なぜ」

「最後に歌を入れる奴《やつ》が、もういない」

「そのニッチの歌は残せないの？」

彼ははっきりした返答を避けた。でも次に同じ場所で会ったとき、

「あのヘッドフォン、今日も持ってる？」

と彼のほうから訊《き》いてきた。

「うん、持ってる」

簡易レコーダーとヘッドフォンが再び繋がる。このあいだとは別の既存曲――かと思いきや、歌が始まってみれば、それは「雨の日曜日」に他ならなかった。でも

イントロも伴奏も付いている。

私は曲の途中でヘッドフォンを浮かせ、

「どうやったの？」

「いつもの手順だよ。パソコンに取り込んで、リズムを付けて、ギターを弾いて、ベースを弾いて――ずっとやってきたこと」

「魔法みたい」

私はすっかり興奮してしまい、

「これ発表しようよ。ニッチもファンも喜ぶよ」

「とてもじゃないが、そういうクオリティじゃないな。伴奏は適当だし、歌もノイズだらけだし」

「またちゃんと爛漫が集まって演奏したらどうなの？　専門のエンジニアだったらノイズも取ってくれない？」

「もう利夫《としお》はいないのに、そんなことしてなんになるのかって――」

「私が喜ぶ」

鋭夫くんはぽかんとしていたが、こちらも意地になりはじめていた。

「どうだ。私が喜ぶ」

「たった一人のために、また爛漫を集めろと？　正気なのかな、この子」

彼は笑いだし、私は頷いて、

「きっといかれてるんだよ」

それはどんより曇った日のことで、やがて本当に雨が降りはじめて、私は有頂天になった。

「今日は何曜日？」

と何度も鋭夫くんに訊いたものだ。

「日曜日」

と彼は何度も嘘《うそ》を云ってくれた。

14

（死んでたよ）

やっと電話してきた鋭夫くんが、溜《た》め息《いき》まじりに云う。私は自宅に通じる夜道を歩いていた。

「誰が」

(和気《わけ》さん)

「和気さんのお父さん？」

(和気泉《いずみ》さん本人)

思わず立ち止まって、前後左右を見回し、自分が現実の景色のなかにいることを確認する。

(彼女の地元の駅——単線のとても小さい駅だよ——そこに着いたら、「和気家」っていう矢印付きの立て看板が出てた。そういうのを辿《たど》っていったら、自宅で葬式をやってた。お父さんは元気そうだった)

幾つもの思いが頭のなかでこんがらがって、どういう順番で口に出せばいいのか分からない。

「あの——次に電話があったら訊こうと思ってたこと、いまいい？」

(どうぞ)

「鋭夫くんって、ニッチのお兄さんなんだよね？　天国から戻ってきたニッチじゃないよね？」

(別人だよ。向こうは死んだけど俺は生きてる)

「火星人とかでもないよね？」

(火星人だったことはないな)

「そのうち、とつぜんいなくなったりしない？」

(不死身じゃないから保証はできないけど、特にそういう予定はないよ。これまでどおりの暮しを続りるために、こんな田舎までやって来たんだし)

「鋭夫くん、嘘つきなほう？」

(まったくつかないわけじゃないけど、積極的に人を騙《だま》すことはないな)

「木曜日なのに日曜日って、いっぱい云ったことあるよ」

(くれないを喜ばせたかった。もし傷つけたんだったら、謝って訂正するよ)

「しなくていい。じゃあ——和気さんが亡《な》くなったってのは、現実の出来事なんだね」

(現実。呆然《ぼうぜん》と家の前に立ってたら、家族に東京から駆けつけた友達だと思われて、遺体を拝ませてくれた。見覚えのある若い女性だった。綺麗《きれい》な子だった)

「どうして急に」

セヴンスヘヴンで目にした淋《さび》しげな美貌《びぼう》が、まざまざと脳裡《のうり》に甦《よみがえ》ってきた。淋しげではあったものの——当り前のことだけど——あのとき彼女はしっかりと生きていた。

もうこの世にいない？　セヴンスヘヴンへのエレヴェータを上がっていっても、二度と会うことはない？

相手の歳《とし》が近いから、それにニッチとは違って直接喋《しゃべ》ったことがあるからだろう。なんとも云えず奇妙な感じがした。祖母が死んだとき、その跡を追うようにして祖父が死んだときよりも、ずっと奇妙で、不思議だった。

（薬）

と鋭夫くんは吐き捨てるように云って、長々と吐息し、

（自室の床に、赤い錠剤と、細長い薬の罎《びん》が転がってたって。利夫の部屋の絨緞《じゅうたん》から見つかったのも、警察に持ってかれて俺は見てないんだけど、やっぱり赤い錠剤だったと聞いた）

「本当？　それって偶然にしては——」

（もちろん偶然なんかじゃないさ。利夫の死に関係しているのが露見するまえに、和気さんはみずから命を絶ったんだ）

「ニッチに薬を教えて、死にかけている彼を見捨てたのは――彼女？　そんな人にはとても見えなかった」

（親も愕然《がくぜん》としてたよ、そんな物に手を出すような子じゃなかったと。でも事実、彼女はそれを呑《の》んで死んだんだし、追悼コンサートのアンプに細工できる立場でもあった）

「和気さんとニッチは付き合ってたのかしら」

（さあね、もうふたりともこの世にいない以上――）

「知りようがないか」

（利夫は誰と付き合ってるとかを隠せない奴だったけど、薬のことを俺に咎《とが》められたくなくて、彼女との関係だけは必死に隠してたのかもしれない。あるいは、知り合ったばかりの彼女をマンションに引きずり込んで、薬を貰《もら》って――どうあれ、情けない。莫迦《ばか》な奴だ）

鋭夫くんは洟《はな》を啜《すす》りあげた。泣いてる。

「もしもし？」

（ん、聞いてるよ）

「びっくりすることが多すぎて、いま頭の中がぐちゃぐちゃなんだけど」

（俺もだ）

「とにかく、これで鋭夫くんの潔白は証明されるんだから、安心して東京に――」

自分の言葉を遮るように、違う！　と叫んだら、鋭夫くんの叫びとぴったり重なった。

「違うよ。ニッチの事件に関係してるの、ばれるのが怖いんだったら、同じ薬で死ぬわけがない」

（俺もそう気付いた。しかも実家でそうやって死ぬなんて、わざわざ家族に迷惑をかけに帰ったことになる。この家の娘は殺人犯ですよと喧伝して死ぬようなもんだ）

「和気さんは自殺したんじゃなくて――他殺」

（きっと口封じだ。彼女は黒幕に口を封じられたんだ）

「いったい誰が、そんな」

(見当もつかないが、利夫の死の真相を和気さんに見られたか、悟られた人間だ。違法の合成麻薬を手に入れられる、しかも彼女にアンプの細工を命じられる立場の人物。俺がなんで重要参考人になったか、いまやっと分かった。きっと売人に偽証させたんだよ、俺に薬を売ったと)

「だとしたら、かなり権力のある――」

最後まで云えなかった。岩倉《いわくら》氏の顔が思い浮かんでいたから。

(俺に対する脅し、もしくは殺害計画の発想から云って、ミュージシャンである可能性が高い。しかもギター弾きかベース弾き。くれない、ちょっと頼みがある。絶対音感、あるって云ってたよね?)

「ある」

(ちょっと利夫の部屋に行ってくれないか、基本的に生前のまま残してあるから。犯人が楽器弾きだとしたら、証拠が出てくる可能性がある)

「鍵《かぎ》は?」

(俺も持ってるけど、利夫は史朗《しろう》にも持たせてたと思う。部屋の機材を自由に使わせるために)

「彼、北海道じゃないの」

（けっきょく圭吾《けいご》に引き留められて、その新しいバンドの立ち上げに付き合うと云《い》ってた。東京に居るはずだよ）

鋭夫くんはベースの史朗くんの電話番号をそらで云った。ぜんぶ暗記しているらしい。

15

むらさきさんが私に付き合ってくれたのは意外だった。

「私は真相を見届けたいだけ。あんたや鋭夫くんのために動いてるんじゃないから」

自慢のプリウスを駆って六本木に向かいながら、幾度となくそう繰り返す。他人のために行動したら天罰がくだるとでも思っているらしい。

史朗くんに電話してみたところ、彼らの新しいバンド風月《ふげつ》は、その晩、六本木の老舗《しにせ》キング・ビーでライヴとのこと。

誰と会うにしろ必ず信頼できる大人と行動を共にすること、というのが、鋭夫くんからの指示だ。

最初に浮かんだ顔はやっぱり岩倉氏で、直後に、いやいや彼は——と思いなおした。多忙な赤羽根《あかばね》先生を引っぱり回すのも無理だろう。

あとはむらさきさんしか思い付かなかった。信頼できる大人とは云いかねるが、少なくとも一連の事件とは無関係に違いない。

ただ史朗くんと顔を合わせ、ニッチの部屋の鍵を受け取ればよかったのだが、ちょうど風月の演奏が始まったところで、ついでにというか已《や》むなくというか、むらさきさんとふたりで彼らの演奏を鑑賞した。

圭吾くん史朗くんの爛漫組に、女性ボーカルと男性ギタリストを加えた四人編成。始まったばかりのバンドだから比較するのは酷だが、完成度はとうてい爛漫に及ばない。

ドラマー主導のバンドということで、リズムやテンポがころころと変わる。それを売りにしたいのは分かる。しかし効果が上がっているとは云いがたい。変奏が生じるたびに、まだこの曲が続くのか、と閉口してしまう。

三、四分のなかに過不足ない展開を閉じ込めていた爛漫の曲が、いかに練り込まれたものだったかを思い知らされた。
曲によってマンドリンを弾いたりキイボードを操ったりと、史朗くんは八面六臂《はちめんろっぴ》の活躍だった。

でもやっぱり、いちばん巧《うま》いのはベースだ。存在感に満ちているのに、決して曲を邪魔しない。時々、ぎくっとするような音遣いをする。でもすぐにボーカルのメロディと辻褄《つじつま》が合って、それが必然だったことが分かる。

彼の愛器は黒いリッケンバッカーだ。改造に改造が重ねられ、どこに腕や指を置くのかと心配になるほど、スイッチやノブやピックアップ・マイクだらけになった代物《しろもの》。

最後の曲が終わると、史朗くんはすぐさまステージから飛び降りて、私たちの前にやって来た。

「鍵だったら今もキイホルダーに付いてるけど、ニッチの部屋に行くの？」

私は黙って頷《うなず》いた。

「鋭夫がそうしろと？　鋭夫と連絡がとれるの？」

私は反応できず、そのこと自体が肯定になってしまった。

「俺も一緒に行っていい？」

むらさきさんと顔を見合わせる。

「いいわよ」

とむらさきさんが答えた。

鋭夫くんは、爛漫のメンバーも黒幕の候補から外していない。外したいが、私の身に万一のことが起きないよう、外せずにいる。

「明日も演《や》るから、楽器は店に置いとけばいいから」

史朗くんは再びステージに上がり、楽器を片付けはじめた。

「彼が黒幕の可能性はない、と私は思う」

むらさきさんが云う。私も頷いて、

「メリットがどこにもない——私に想像できる範囲では」

「同感。たとえば一ッチをうっかり死なせてしまったんだとしても、彼はもともと鋭夫くんを知っていて仲もいいんだから、三か月後の追悼コンサートまで待ってなにかを仕掛ける意味ってないのよ」

存外論理的な思考に感心した。伊達《だて》に原稿を書いて暮らしているわけではなかった。

「ありがとう！　来てくれるとは思わなかった」

圭吾くんが満面の笑みをたたえて近づいてきた。私にとっての彼の最大の魅力は、この笑顔だ。ドラムの良し悪《あ》しなんて、素人《しろうと》にはなかなか分からない。でも楽しそうに叩《たた》いているかどうかは分かる。

あえて仏頂面《ぶっちょうづら》のニッチ、烈火を発するがごときレオ、楽器にしか興味がなさそうな史朗くんの後ろに、いつも圭吾くんの笑顔が覗《のぞ》いていることは、爛漫の大きな魅力の一つだったに違いない。

「むらさきさん、どうもどうも。今日はじつは失敗だらけで、恥ずかしいところをお見せしました」

などと頭をさげながら、でもなんとも楽しげに笑っている。

「なかなかの船出じゃない？」

むらさきさんも釣られて無意味に笑っている。幾つか当たり障《さわ》りのない感想を述べたあと、

「ところでレオはどうしてるの」

「樋口陽介《ひぐちようすけ》のツアーに参加してます」

「アイドル歌謡かって、あんなに莫迦にしてたのに」

「まあ、背に腹は代えられないってやつで。樋口のほうはレオのギターにぞっこんですから」

史朗くんが戻ってきた。

「くれないさん、忘れないうちにこれ。こんど会ったら渡そうと思って、ベースのケースに入れっぱなしにしてた。圭吾、ちょっと出てくる。また戻ってくるかも」

史朗くんが私に手渡したのは、不織布《ふしょくふ》の袋に入った白いディスクだった。表面に日付だけが手書きされていた。

この日付――。

「そのままCDプレイヤーに入れれば再生できるから」

頷いて、ずだ袋に入れる。

16

鋭夫くんが未《ま》だニッチの部屋を温存しているのは、弟が生きていた痕跡《こんせき》を消す気にならないという心情以前に、大量の楽器や立派なオーディオセットを、どこにどう引き取ればいいのか分からないからだと聞いた。彼自身は築三十年超えの２ＤＫで慎《つつ》ましく暮らしている。

一方ニッチが暮らしていたのは、公園を借景にした白亜のマンション。

「ミュージシャン専用の防音マンションなんですよ。さすがにドラムは禁止らしいけど」

「家賃、どのくらいなんだろ」

「わりと普通だって云ってましたから、十何万じゃないですか。自宅にスタジオがあるというより、スタジオに寝泊まりしてる感じで」

エレヴェータのなかで史朗くんがむらさきさんに教えていたとおり、二重のドアを開けて中に入ってみると、そこは音楽スタジオそのものだった。

アンプやキイボードやミキサーや、複雑な配線をまとったパソコンデスクが並び、一角にはスタンドに立てられた十数本のギターが林立していた。

小さなキッチンや書棚の存在が、かろうじてそこが生活空間だったことを示している。

私は鋭夫くんに指示されたとおり、ギターのチューニングを確かめていった。スタンドに立てたままで、低いほうから順に絃《げん》をはじいて、

「ミ、ラ、レ、ソ、ド、ファ」

むらさきさんが書き留める。

「それ、グレッチよね」

「ホワイトファルコンですね」

史朗くんが教える。

「ミ、ラ、レ、ソ、ド、ファ——私、ギタリストだからＡＢＣじゃないとぴんとこないわ」

「ギター弾かれるんですか」

「ちょっとね」

そういえば彼女の部屋の片隅には、かつてギターだった物、としか呼びようのない残骸《ざんがい》が。

「ええと――E、A、D、Gの、C、Fか。えっ、ギターのチューニングって、いちばん太い絃といちばん細い絃が同じ音じゃなかった？」

「新渡戸《にとべ》兄弟は、全部が四度幅の変則チューニングなんです。細い二本の絃が、本来より半音ずつ高い。父親がなんだかの伝道師で、子供の頃はヨーロッパの田舎を転々としていた。周囲と言葉が通じない状況で鋭夫が最初のギターを手に入れて、それが元々狂ってたとか。でも狂ってることに鋭夫は気付かず、その状態のギターでラジオから流れてくる曲を辿《たど》って、音楽を学んだ。ニッチも鋭夫からギターを習ったから、そういうことに」

「そうか、それでチューニングを確かめろと」

「鋭夫はいまどこに？」

「よく分からないのよ、本当に。で、そういうチューニングのギタリストって多いのかしら」

「見たことも聞いたこともないですね。世界で二人だけじゃないですか――今は一人か。すごく器用な押さえ方をするんです。指が長くて自由に曲がるから、かろうじて成立している」

レスポール・ジュニア、テレキャスター・デラックス、ストラトキャスター、ファイアバード——史朗くんにモデル名を教わりながら、チューニングを確かめ続ける。

いずれも、すべて四度の幅。

どれもピアノのように正確であることに私は驚いて、

「ギターのチューニングってこんなに狂わないもの？　でもライヴハウスに出てる人たちはけっこう狂ってる」

「アマチュアが使ってるような楽器だと、なかなかこうは行かないだろうね。俺たちのは、野口さんっていうローディが偏執狂的に調整しまくってたから、ヘッドが圧迫されるようなケースに入れて持ち歩かないかぎり、簡単には狂わない。ステージでライトを浴びて楽器が熱せられた時の、僅《わず》かな上下くらい。ニッチがいちばん気に入ってたムスタングを斎場に運んだのは俺なんだけど、あれすらまったく狂ってなかったよ。ムスタングって狂いやすいのが個性みたいなギターなのに」

七、八本めで、初めて音の並びが違う楽器に遭遇した。f穴のある、茶色いギターだった。
「エピフォンのカジノ。ただそれは――」

「史朗くん、これだけ音が違う」

違う部分をはじきなおして聞かせる。

「ドとファじゃなくて、シとミだ」

「普通のチューニングだ」

「しかも全体に低いの」

史朗くんがそのギターに手を伸ばそうとするのを、

「駄目!」

むらさきさんと私、同時に押し止《とど》める。

「――そうか。新渡戸兄弟じゃない誰かが、ここでこれを弾いた証拠か」

史朗くんは顔を上げ、私たちを見回して、

「俺じゃないよ」

「私もそう思ってるから安心して。史朗くんやレオが弾いたんだったら、変則チューニングに直しておくでしょ」

むらさきさんから云《い》われ、彼はほっと息をついた。

残りのギターも確かめる。すべて四度幅。

チューニングが違う——というか一般的なのは、カジノだけだった。

史朗くんがその前に立って、

「あのさ、さっきこれ、全体に低いと云ったよね」

「うん、ピアノ弾きにとってはかなり気持ち悪い感じに。二つのキイの中間くらいまで」

「いま考えてたんだけど、ここでこのカジノを弾いた人物は、ダウン系の別な変則チューニングの人じゃないだろうか。スライド奏法でよく使われる、オープンDチューニングだとか。あれだと、低いほうからD、A、D、F#、A、Dと、四本もの絃がレギュラーより低い。そこまでチューニングを弛《ゆる》めれば、ネックは一時的に、絃とは反対側に反り返る」

自分の腕をネックに見立てて、手首を反らす。

「この状態でしばらく弾いて、レギュラーチューニングに戻したとする。その瞬間は正しい音程でも、絃のテンションによってネックが元の状態に戻るにつれ、またチューニングは下がってしまう」

手首を真《ま》っ直《す》ぐに戻す。

「すべて四度幅にチューニングされたギターだったと気付かず、レギュラーに戻してしまったのも、ギターを手にとるやすぐさま絃巻《いとま》きに触れて、自分用のチューニングに落とす癖があるからじゃないだろうか」

「そういうもの？」

というむらさきさんの曖昧《あいまい》な問い掛けを、史朗くんは巧みに汲《く》んで、

「もちろん確信とまでは行きませんが、たとえば俺がオープンDに合わせるとしたら、まず四絃に合わせて六絃と一絃を落とし、五絃に合わせて二絃を落とし、四絃との響きで三絃をF#に——やっぱり、元のチューニングが特殊だったことには気付きにくいですね」

「ね、たとえばだけど、追悼コンサートの出演者で、そういうチューニングだったギタリストっている？」

史朗くんは指を折って出演者を数えた。

「いないです。変則チューニングは鋭夫だけだ。レオも、スライドのときもレギュラーのまんまのデュアン・オールマン式だし」

「岩倉理《おさむ》も？」

と思わず私が尋ねると、これにもかぶりを振って、

「彼もレギュラーチューニングだよ」

17

「ニッチの代わりに鋭夫くんが入って、もう一度、爛漫って出来ないのかな」

風月のメンバーの許《もと》に史朗くんを送っていく車の中、私はそう、長らく思っていたことを口にした。

彼は溜《た》め息《いき》まじりに、

「くれないさんがそう願う気持ちは分かるし、誇らしくもあるよ」

「実際、追悼コンサートのステージには立ってくれたんだし」

「あれは『雨の日曜日』と、ぜんぜん売れなかったデビュー曲の、二曲きりって条

件だったから。片方の耳しか聞えない状態で、ロックバンドの大音量に身を浸しているストレスって、きっと凄《すさ》まじいんじゃないかな。それにあの作曲チーム——新渡戸兄弟のマジックを、ほかの組み合わせで再現するなんて、不可能だ」

「でも史朗くんも作曲できる。『地下鉄にて』って、史朗くんの作詞作曲だよね？」

「じつは、鋭夫がそうとう手伝ってくれてる。俺にもバランスよく印税が入るよう、兄弟で相談して、あの曲については俺の単独名義にしてくれたんだよ。レオや圭吾に対しても、色々とそんなふうに配慮してた。もっともあのふたりは、ニッチと俺が作曲チームを組んでると思ってたんだけどね」

「今も？」

「いや、『雨の日曜日』のための最初のリハーサルで、ぜんぶ分かったみたい。それまではふたりとも、鋭夫と会ったことなかったんだ。驚いてたな——驚くよね、ニッチとそっくりの声やギターで、ニッチより巧《うま》いんだから」

「なぜ史朗くんだけは鋭夫くんをよく知ってたの」

「それはまあ——耳がいいからとしか。あるときデモ録音を聞いてて、これはニッチの歌い回しじゃないと思った。ニッチを問い詰めた。そしたら、騙《だま》すつもりはなかったと、ふたり揃《そろ》って謝罪にやって来た」

「顔がそっくりで、区別がつかなかったんじゃない？」

するると史朗くんは静かに笑って、

「鋭夫ってほら、あんな感じであまり髪型に気を遣わないし、服装も地味だし――それ以前に表情がまったく違うんだ。正直、陰気なニッチだと思った」

「鋭夫くんが陰気とは思わないけど」

「あくまで比較。ニッチはすごく人懐《ひとなつ》っこかったから。どっちがどこまで担《にな》ってきたんだろうと思って、そのとき作ってた曲について鋭夫に相談してみた。そしたら、ちょっとスタジオに入ろうかって、近所の練習スタジオでね、レンタルのギターをあの不思議なチューニングにして、ぽろぽろ奏《かな》でながら、ぱぱっと中間部を作っちゃった。同時進行でニッチが詞を考えてメモって、歌いはじめたら、いや違うよそこは頭韻《とういん》を踏んだほうがいいとか――この兄弟には永久に太刀打ちできないと思ったな」

彼はいったん言葉を切り、やがて溜め息をついて、

「爛漫の実体は新渡戸兄弟だよ。そしてそれは、もうこの世には無い」

むらさきさんは無言で車を運転し続けていた。

18

私はプレゼントされたカシミアのカーディガン、そして真新しいジーンズを身に付けていた——最低限の礼儀かと思い。

岩倉氏はとても喜んでくれた。

「よく似合ってる」

「あの——正直なところ、まったく記憶していないんですが、これらを買ってほしいと、私が強請《ねだ》ったんでしょうか」

「その店の名前を連呼していたから、買物があるのかと思って連れていったんだよ。どうせ表参道ヒルズに入ってるだろうと」

「なぜ連呼したんでしょう」

「それはこっちの質問」

「——たぶん、雑誌で素敵な写真を見て、印象に残ってたんだと思います」

「じゃあ女の子らしい感性と言動だ。出費が無駄にならなくてよかった」

「私、買ってほしいと強請りました？」

「いや、店員に父娘《おやこ》と間違えられてさ。お嬢さまにはこちらがお似合いかと、とか勧められて、なんとなく断れず。君、本当に憶《おぼ》えていないのか。ちゃんと歩いて店員とも喋《しゃべ》って、この色、とまで指定してたよ」

カーディガンは、たしかに私好みの空色だった。

「すみませんでした。もしこんどそういう醜態《しゅうたい》をさらしたら、いっそ射殺してください」

「ワインを勧めたのは俺だから、俺の責任だよ」

と彼は笑ってくれた。

「またああいうことがあったら、また買ってあげるよ。さすがに宝石店や不動産屋には付き合えないが」

夜の新宿だった。

駅からだいぶ離れた裏通りだが、遠い祭り囃子《ばやし》のような不思議な音が響いている。

落書きだらけの重たげなドアを、氏が開ける。

凄まじい低音に耳を襲われた。この音楽が漏れていたのか。

中では、奇抜な出立《いでた》ちの若者たちが、芋を洗うようにして踊っている。

岩倉氏がドア越しになにか話しかけてきたが、音楽が大きすぎてまったく聞えない。

そのうち氏のほうでも諦《あきら》めて、外を指し示した。

私は路上に出て、次に起きるなにかを待った。

岩倉氏は二、三分で出てきた。稲妻形に毛を剃《そ》り落とした坊主頭《ぼうずあたま》をし、大きなサングラスを掛けた若者を伴っていた。

中ではまったく話せなかったらしく、

「お久し振りっす」

「元気そうだね。お母さんはどう？」

と改めて挨拶《あいさつ》し合っている。

坊主頭が私に気付いて、

「お嬢さんっすか」

岩倉氏は私のほうをちらりと振り返り、

「――らしいよ。よって、手を出したりしたら射殺する」

「しませんって」

坊主頭は両手を挙げて云い、それから私に向かって二度三度と会釈《えしゃく》した。

「本題。最近、若い連中に人気の、赤いやつあるじゃないか。錠剤の。爛漫のニッチが死んだやつ」

「クリムゾンキングっすか」

「そう呼ぶの？　ひどい名前を付けるな。中高年ミュージシャンに喧嘩《けんか》売ってんのか」

「俺が付けたわけじゃないんで。都合しときます？　一見同じ錠剤でも、バリエーションがあるんすよ。ニッチが死んだのは、たぶんぎりぎりの成分の奴《やつ》です。そのぶん三分くらいであっさり飛べますけど」

「俺が欲しいっていうより、どこに話付けたら、俺にも扱えるかなと思って」

「えっ、岩倉さんが売りをやるんすか」

「文句あるか」

「いや俺はないっすけど、けっこう独占らしいんで、これまでやってきた奴らに締《し》められる可能性が」

「どこ？　いいから教えて」

「俺から聞いたって、誰にも云わないでくださいよ」

「云わない。俺がこれまでに君を一度でも裏切ったか」

「ないっす。岩倉さんには感謝して、心から信頼してます——よくレイヴ系のイヴェントを仕切ってるＴＹＯってアパレル会社が、どっか外国から入れてるらしいっす。噂《うわさ》ですよ。あくまで噂ですからね」

　岩倉氏は私を振り返った。それからふたたび坊主頭のほうを向いて、尻《しり》ポケットから財布を出し、

「ありがとう。まえも話したが俺のおふくろもパーキンソンだった。だから介護のしんどさ、よく分かるんだ。俺はもう親孝行に間に合わないからさ、君のおふくろさんに、これでなにか美味《うま》いものを」

　と彼に何枚もの紙幣を握らせた。

「おふくろさんにだ。自分のために使うなよ」

坊主頭は感極まった声音で、

「ありがとうございます。河豚《ふぐ》――俺、河豚を食わせてやります。たぶん食ったことないから」

「じゃあそれじゃ足りない」

岩倉氏はさらに紙幣を足して、彼に握らせた。

「東銀座のふく禄寿《ろくじゅ》にしとけ。あそこなら仲居がヘルパーなみに面倒を見てくれるだろう。下手にけちって安いとこに行くなよ」

坊主頭は腰骨が外れるんじゃないかと思うほど深々とこうべを垂れて、店内に戻っていった。

「こんな所にも人脈があるんですね」

「蛇《じゃ》の道は蛇《へび》ってね。いやいや、こういう店で踊ったりはしない。オウナーと知合いなだけ。今の小僧、俺のギターを置き引きしたんだよ。追いかけて引っ捕まえたら、お母さんが病気で治療費が欲しくてって泣くからさ」

「信じたんですか」

「信じたよ。今も信じてる。だから警察に突き出すよりもこっちに連れてきて、仕事を斡旋《あっせん》するほうを選んだ。といっても、こっちのオウナーのほうが警察よりよっぽど怖いんだけどね。ともかく、これで繋《つな》がった」

岩倉氏は歩き出し、私はそれを追う。

「TYOはあの追悼コンサートに協賛している。これで全部が繋がった。ニッチは業界の薬物汚染の犠牲者。和気というPAさんも然《しか》り。『雨の日曜日』まで隠者のように暮らしていたという新渡戸鋭夫くんは、まず間違いなく潔白で、刑務所には入りえない。よって俺の失恋は確定した」

「誰へのですか」

「君への。下心もなく俺がここまで動いたと思ってた？　いままた幾ら使った？」

「父娘《おやこ》ですよ」

「そう思ってるのは君だけだ。お母さんに確かめてごらん」

「そんなこと云《い》って、私を悲しませて、本当はやっぱり私のお父さんだったら――射殺しますからね」

急に感情が昂《たか》ぶってしまい、うっすらと涙が出てきた。

彼は私の肩に手を置き、

「泣くな——泣きなさんな。女に我儘《わがまま》を云われるのも暴れられるのも平気だが、泣かれるのだけは苦手なんだ」

「女じゃなくて娘です」

「じゃあ分かった。そう思ってくれていい。いつか本当のお父さんが見つかるまで、俺がそうふるまってあげよう。一度も会ったことないの？」

「むらさきさん——母は、妊娠した状態で独りで帰国してますから、たぶん赤ん坊の時から一度も。父親に関するちゃんとした話も、されたことは一度も。ギター弾きだってことだけ」

「別れ方か亡《な》くなり方が悲惨というか極端で、君にはまだ云えないのかもしれないな」

ふと、彼は私の背中を、歩いてきたのとは別方向に押して、

「もうちょっと付き合ってくれ。近くにしばらく顔を出してないバーがある。そこに行った後で家まで送るよ」

路地、また路地。

さっきの店よりずっと小さな、木製のドアの向こうに居たのは、私の祖父母を思

わせる、老人たちの集団。多くが、ギターやマンドリンといった楽器を抱えて、坐《すわ》っている。

床も壁もログハウスのように内装された、アメリカの田舎町にありそうな酒場だった。

「あらあら、理ちゃん」

近づいてきた店主らしき老女と、岩倉氏は抱擁《ほうよう》をかわして、

「娘を連れてきたよ」

「あらまあ」

老女は私を眺め回した。そして、

「理ちゃんの娘が、こんな美人なわけがないじゃない」

と破顔した。

「ちょうど退屈してたんだよ」

とテンガロンハットを被《かぶ》った男性が椅子《いす》から立ち上がり、岩倉氏にぼろぼろのアコースティックギターを押し付け、

「挨拶は抜き。代わりに理ちゃんの渋いＣＣＲ、久々に聴かせてもらおうか」

「いきなりですか」

「こっちにとっては、やっと、だよ」

「分かりました。先輩たちに比べたら、雛《ひよ》っこもいいとこですが」

岩倉氏は空いたスツールに腰掛け、カウンターに出されたウィスキーのロックで唇を湿らせた。

「ご挨拶代わりに一曲」

それまで私の前で覗《のぞ》かせたことのない、緊張した面持ちだった。ジーンズのポケットからピックを取り出す。いつもそうして持ち歩いているのだろう。

じゃらん、と最初の和音が奏でられたとき、私はつい、あ、と声をあげてしまった。

彼はびくっとこちらを向いて、

「どうした」

私は、告げるべきかどうか、すこし迷ったあと、

「チューニングが全体に——たぶん低いです。音程差は合ってるんだと思いますけど」

まじまじと顔を見つめられた。

「絶対音感？」

私が小さく頷《うなず》くと、岩倉氏はいちばん太い絃《げん》をはじいて、

「これは？」

「レに近いです」

「Dに？」

「はい。普通はミ――Eですよね」

氏は右手で絃をはじきながら、ヘッドのつまみを僅《わず》かずつ廻した。

「もっと――もうすこし――あ、いま合いました」

「チューニングメーターを連れ歩いてたの」

と、さっきの老女に大笑いされた。ほかの楽器も岩倉氏の音に合わせはじめたので、なんだか責任を感じてしまい、私は周りに頭を下げた。

「すみません――すみません」

テンガロンハットの人が傍らに来て、

「いやいや、たまにはこうしてちゃんと合わせとかないと。私らは普段、楽器同士

で適当に合わせてるだけだから」

岩倉氏はチューニングを続行した。一本の絃が定まればあとは合わせられるだろうに、ことさら私に、どう？　と問い掛けてくる。チューニングを完了してからも、じゃらんとコードを弾いては、

「どうかな」

「聴音《ちょうおん》のテストですか」

「なんの和音に聞える？」

「ハ長調。ド、ミ、ソ、シ、ミ」

そんなやり取りが続いた。彼は老女のほうを向いて、

「どう？　俺の娘」

「蛙《かえる》の子は蛙って云ってほしいの？　本当に娘だとしたら、鳶《とんび》が生んだ鷹《たか》」

氏はなんとも嬉《うれ》しそうに笑い、それからようよう歌いはじめたのは、私でも知っているCCR《クリーデンス・クリアウォーター・リヴァイヴァル》の名曲だった。

ギターの腕前、豊かな声量もさることながら、特筆すべきはその発音の素晴らしさ。アメリカ暮しが長かっただけのことはある。もし店の外で聞きつけたなら、き

っとCDがかかっているとしか思わなかったろう。

私の位置からは彼のピックが六本の絃を弾き下ろしたり弾き上げたり、絃と絃を飛び交ったりするさまがよく観察できた。歌いながらそう、両手を自在に動かせるというのが私には不思議で、ジャグリングでも見せられているような気がした。

店内の老人たちが、呟《つぶや》きのように静かに、そして易々《やすやす》と、見事な伴奏を始める。

岩倉氏の歌声が、さらに熱を帯びてくる。

私は叫びたかった。

お父さん、素敵。

19

レオの白いES335が唸《うな》りをあげる。

爛漫での彼よりのびのび弾いているように思える瞬間が、多々あった。

たぶん爛漫の複雑な曲構成は、一面、プレイヤー泣かせでもあったのだ。曲が緻《ち》密《みっ》に構築されているということは、自由に弾けるスペースが少ないということでもある。

残念ながら樋口陽介の歌が始まってしまうと、途端にアンサンブルが貧相になる。彼の歌を立てざるをえないので、バックがみな遠慮がちになってしまう。

下手というわけではないが、声が弱い。自覚はあるらしく、それを装飾音で補おうとする。

こちらはイントロや間奏での、レオのまさしく吠《ほ》えるような演奏を聴いてしまっているから、相対的に、なんだか酔っ払っているみたい、としか感じない。

もっともファンたちにとって、そんなことは二の次らしい。陽介くんがポーズを決めたり会場を指差したりするたび、黄色い歓声があがる、曲が聞えなくなるほどの——。

ステージが始まる前、レオが楽屋に入れてくれた。ステージ衣装に着替えたばかりだった陽介くんを間近にして、これは女の子たちが騒ぐはずだと思った。

男臭さをまったく感じさせないすっきりした容姿で、やたらと手足が長いうえ、ウェストなんて私より細そうなのだ。更に、

「精一杯務めますので、最後まで愉《たの》しんでいってください」

と抜群に礼儀正しい。いっぺんに好感をいだいた。

「レオさんのギターに少しでも追い付こうと思って、今も必死にボイストレーニングしてるんです。こんな凄《すご》い人と一緒に演《や》れるなんて、まさにミュージシャンの夢ですから」

「俺なんか駆け出しもいいとこだよ」

「レオさんは天才です。僕みたいな凡才は、せめてこつこつ努力を重ねるしか――」

PVの印象は芳《かんば》しくなかった歌手だが、来てあげてよかった、とそのときは思った。

それだけに生で聴く彼の歌は、残念きわまりなかった。もう、いかに熱心にレオから誘われようと、会場に足を運ぶことはないだろうとさえ。

時間的にステージの折り返しであろう辺りで、メンバーは袖《そで》に引っ込み、陽介くん単独によるギター弾き語りが始まった。

嫌でも岩倉氏と比較してしまう。耐えきれなくなってロビーに出た。

弾き語りを休憩時間と見做《みな》して出てきたお客は、ほかにもけっこういた。多くが若い男性だ。

おそらくレオ目当てでやって来た爛漫ファンだろうと想像していたら、本当に、

「レオ、やっぱ凄えな」

「ずっと間奏だけ演ってってくんないかな」

といった会話が聞えてきた。

「樋口はちょっと曲がな」

「レオが爛漫みたいな曲作ってやればいいのに」

「逆に樋口の下手が目立つんじゃね？」

その日はさいわい煙草《たばこ》を持っていた。喫煙所のベンチに坐り、火を点ける。

携帯電話を眺め、いっそこちらから鋭夫くんに連絡してみようかと考える。

ニッチの部屋のギターを確認し、架かってきた電話に私はその結果を伝え、以来、
もう一週間、まったく連絡がない。

このボタンを押せば、繋がる。

押してしまおうか、もうすこし我慢しようか、と逡巡《しゅんじゅん》していた時、

「くれないさん」

と後ろから声をかけられた。

振り返る。「音楽生活」の武《たけ》ノ内《うち》氏だった。

私は慌《あわ》てて煙草を捨てようとした。

「いい、いい。うるさいことは申しません」

氏も煙草に火を点けた。

「こんな所でお会いできるとは」

「レオからチケットが送られてきたので」

「お母さん、今日は？」

「会場で待ち合わせてたんですけど、来てなくて」

「そう」

氏は苦笑ぎみに、

「クラシックに鍛えられた耳に、陽介くんの弾き語りは厳しかったですか」

「いえ——今夜はあくまでレオが目当てだったから」

「彼はいい。スライド奏法がとりわけ素晴しい。今日はまだ披露していませんが」

「薬の罎《びん》で弾くやつですよね」

「薬の罎か、切断したボトルか、金属のパイプか、そういうのはギタリストそれぞれですが。鑢だったらデュアン・オールマン、ボトルだったらライ・クーダー、パイプだったらジョニー・ウィンターが代表格でしょうか」

「詳しいんですね」

「そりゃあ、音楽雑誌の発行人ですから」

好機と感じた私は、思い切って、

「あの、最近活躍している日本のギタリストで、まずオープンDのチューニングにして弾きはじめる人って誰でしょう？」

私が口にした語彙《ごい》に、武ノ内氏はとても驚いたようだった。

「ずいぶんギターにお詳しい」

「いえいえ、ろくに知りませんけど」

「どこでそういう知識を？　お母さんから？」

「爛漫にいた板垣《いたがき》史朗くんから、ちょっと教えてもらって」

「ああ、なるほど。スライドギターに興味が？」

「ええ、最近」

「咄嗟《とっさ》には思い付かないですね。ときどきオープンチューニングという人だったらたくさんいるんでしょうけど、オープンDが基本という人は、日本人では滅多にいない」

「ほかのダウン系のチューニングも？」

「全体を下げている人は多いけれど」

「全体を、半音ずつとかですか」

「あるいは一音とか。六絃《げん》だけを一音下げてDにする人もいます」

違う。そういう人たちだったら、全部が四度幅の変則チューニングだと気付いたはずだ。

「たとえば、四絃のレや五絃のラに合わせて残りの絃を下げてから、弾きはじめるような人です」

氏は勢いよく煙を吐いて、

「まあ、ブルースやハワイ音楽や、ニューエイジ系のソロが専門の人なら——なんだったら調べてリストアップしといてあげましょう」

私はお礼を述べ、煙草を灰皿に捨てて、化粧室の表示を探した。

女子トイレに至る細い通路に入った時、大きな足音がして、振り返るまえに後ろから抱きつかれた。

剛力だった。頭を動かすこともできない。ワイシャツの袖口しか見えない。

私が叫び出す前に、暴漢はなぜか私の鼻を強くつまんだ。

息をしようと開いた口に、なにかざらざらした物を放り込んできた。

口も手で塞《ふさ》がれた。舌が勝手に動いて、口の中の物を咽《のど》へと押しやる。

呑《の》んでしまった。

たぶん何十秒かして、ようやっと鼻と口を解放されたかと思うや、強く背中を蹴《け》られた。

私は壁に頭をしたたかぶつけた。床に崩れ落ちた。

視界の端に、床にこぼれた赤い錠剤があった。

後ろを向いたが、もはや暴漢の影は見えなかった。

起き上がると、立ち眩《くら》みに襲われた。

しばらく壁に凭《もた》れて我慢していた。

動悸《どうき》がする。その音がくっきりと、耳に聞えはじめた。

視界は暗い。なのに、ところどころ変に眩《まぶ》しい。

立っていられなくなって、床にお尻《しり》を突いた。

すこし楽になった。

ここで聞こえるはずもない陽介くんの弾き語りが明瞭《めいりょう》に聞え、視界の上下左右が凄《すさ》まじい勢いで入れ替わる。

立ち上がろうにも、どっちが上だか分からない。

陽介くんの単調なハミング。

電話のヴァイブレータが、ずだ袋を共振させているのだと気付く。

袋を手探る。電話は確かに中で震えている。

ファスナーの——つまみがどこだか分からない。

いつしか私は、ずだ袋の上に倒れ込んでいた。ナイロンクロス越しに電話機を摑《つか》んで、ここいらがたしか通話ボタン——という辺りを拇《おやゆび》で押す。

（くれない？）

とても遠くから、鋭夫くんの声が響いてきた。

「もしもし」

私は冷静に応じたつもりだったが、よほど変な声だったのだろう。

(どうした？　どうした？　いまどうしてる？)

と連呼された。

「――私、誰かに襲われて、たぶんクリムゾンキング」

(呑まされたのか？　どこにいる)

「なんか女子トイレの前」

(どこの)

「レオがね――」

ただ喋《しゃべ》るのがこんなにも苦痛なのは初めてだ。

(水を飲め。そして胃の中の物を吐け。咽に指を突っ込んで吐け)

「あとでいい？」

(駄目だ。いますぐ水を飲んで薬を吐け。くれないまで俺を置き去りにするな)

「分かった――分かったよ」

エッシャーの版画よろしく上下左右が滅茶苦茶《めちゃくちゃ》になった通路を、たぶんこちらがトイレだろうと思う方向へと、私は這《は》いずりはじめた。

20

三歳か四歳での初めてのピアノの発表会と、伴奏をやらされた中学の学内合唱コンクールが、ごちゃ混ぜになった夢をみていた。

発表会での私は、緊張のあまり、課題のバイエルを本来の倍ものスピードで弾いてしまった。家での練習メニューをさっさとこなしてしまうための、むらさきさんの目を盗んでの遊びを、うっかり再現してしまったのだ。

椅子《いす》からおりて一礼して、観衆の表情を見渡し、そこで私は初めて自分の失敗に気付いた。

先生もむらさきさんも、私を観《み》るために上京してきた祖父母も、啞然《あぜん》としている。ぱらぱらと拍手が生じるまで、本当は僅《わず》か数秒だったのだと思う。しかし幼児の私には、永遠の静けさにも感じられた。

これを合唱コンクールでやらかした夢をみていた。いっそそうしてしまえという捨《す》て鉢《ばち》な想《おも》いが、あの時の私には確かにあった。

ちょっとした特技の有る無し、家庭環境の差異が、執拗《しつよう》な揶揄《やゆ》の対象となるのが、教室という場所だ。

変わった名前、著名人の娘、父親の不在、ピアノが得意であること——致命傷は絶対音感で、それを持っているのは卑怯《ひきょう》なことであるかのように、大勢から云《い》われ続けた。音楽教師でさえ嫌味を云う。

野蛮な集団に混じって偽善的な詞を歌わされるくらいなら、指揮棒と楽譜と鍵盤《けんばん》だけに集中しているほうがよっぽどましだったが、今度は指揮を任された生徒が嬉々《きき》として私を酷使する。

命令一つで再生も停止も強弱の変化も自在な、自動ピアノを手に入れたとでも思っている。

ならばいつ壊れてやろうかと、私は虎視眈々《こしたんたん》としていた。

とつぜん二倍のテンポで鳴り始める自動ピアノ。

指揮棒も必死でそれに追従する。もともと私に合わせて振っていただけなのだ。

三十人の濁声《だみごえ》がテープの速回しになる。これですこしは聴ける。

テンポ以外には一音も間違えることなく、私はその曲芸を終え、椅子をおりて観衆に一礼する。
永遠の静寂につつまれる――。

21

目が覚めたとき、私は鋭夫くんに手を握られていた。

「私、死んだ？」

「生きてる。世田谷ホールの女子トイレに倒れていた。よく頑張って薬を吐いたね。そのお蔭《かげ》で生きてる」

「いま何時代の何時くらい？」

「くれないがげろまみれで発見された、まだ同じ一日だよ。深夜だけど」

「私、そんなとこみんなに見られたの」

「俺とむらさきさんが駆け付けた時は、もう綺麗《きれい》にしてもらってた。幸いにして」

「鋭夫くん、今までどこに居たの？」

「ヒッチハイクで東京まで戻って、利夫の部屋に身を潜めてた。誰にとっても盲点だろうと思って」

「――盲点だった」

身を起こそうとしたが、目がまわってしまい、また枕《まくら》に頭を沈めた。むらさきさんがベッドの機構を操作して、上半身をすこし起こしてくれた。

病室だった。看護師さんのほかに史朗くんもいて、私は点滴を受けていた。

「意識を回復されたと先生に伝えてきますね」

看護師さんが外に出ていく。入れ替わりに、レオと武ノ内氏が入ってきた。

「意識が戻ったって？　ああ、よかった」

レオは可哀相《かわいそう》なほどしょぼくれていた。

「俺がコンサートに呼んだりしなきゃ――ごめんな、くれないちゃん」

「レオのギター、良かったよ」

「非道《ひど》いことをする奴《やつ》がいたもんですね。犯人の目星は？」

医師が部屋に入ってきた。私の顔色を見たり脈拍を測ったりし、

「大丈夫。今の治療を続けましょう」

と云って、また出ていった。あっさりした検診だった。私は本当に大丈夫らしい。

武ノ内氏はちらちらと鋭夫くんを見ている。そういえば彼は警察から追われているのだ。こんなタイミングで出てきたら更に疑われること請け合いなのに、なぜ出てきてしまったのだろう。

視線に気付いた鋭夫くんは、静かだが思い切りのいい口調で、

「あのね武ノ内さん、それからレオも聞いてくれ。くれないも目を覚ましたし、俺はこれから警察に出頭します」

「それがいいですよ」

と武ノ内氏が深く頷《うなず》いた。

「重要参考人は容疑者じゃないんだから、出るところに出てちゃんと自分の主張をしたほうがいい」

「主張します。まずこう主張するつもりだ——『音楽生活』の武ノ内幹夫《みきお》を、決して向田《むこうだ》くれないに近付けないでくれと」

氏は目を白黒させて、

「それはまた——どういう？」

「余りにも疑わしいからですよ。俺には、あなたがくれないを襲った暴漢その人だ

としか思えない。違法薬物を扱ってきたとされるTYOと繋《つな》がっているし、その薬物で亡《な》くなった和気泉さんとも繋がっていた。そしてなにより、同じ薬物で死んだ俺の弟、新渡戸利夫の部屋を、あなたはあの夜訪れている」

「なにかそういう、映像記録でも？」

「残念ながら、無い。でもあなたはあの部屋でギターを弾いている。利夫と交流のあるギタリストギタリストとばかり考えていて、これという人物に思い当たらず、手詰まりかと諦《あきら》めるところだった。でもそこの史朗が見つけてくれたんです。三十年前にアルバム一枚で消えたバンド、ドクター・ロバート＆ミスター・ジョンソンでギターを弾いていたミッキー武ノ内は、あなただ。引退したギタリストとは考えつかなかった。復刻CDを史朗が入手してくれて、俺も聴きました。オープンDチューニングによる、見事なスライド奏法だった、音色からして恐らく硝子《ガラス》——薬の罎《びん》を使った。今もどこかにお持ちじゃないんですか。赤い錠剤の入った、細長い薬の罎」

武ノ内氏は唖然とした面持ちで、

「いかにも——いかにも私には、プロミュージシャンだった過去があります。音楽雑誌の発行人として、べつに特異な経歴じゃないでしょう。音楽業界が薬物に汚染されていないと、ここで強弁する気もない。ところでワケ――さんとかおっしゃるのは？」

「あなたの愛人。違いますか？」

氏は、ただ首をかしげた。

「そうやって惚《とぼ》けられるんだったら、ストレートに云いましょう。俺は自分が遭遇した感電事故の真相を追って、彼女の郷里へ行った。そこで彼女の葬儀に出くわし、俺を親友と勘違いしたご両親から、この番号は誰だろう、と彼女の携帯電話にびっしりと残っていた、固定電話の番号を見せられました。架けても、現在使用されていない、と自動音声に云われるばかりだと。その場で暗記しました。電話番号の暗記は特技なんだ。でもそこからなにをどう辿《たど》ればいいのか分からなかった。そしてたまさか今日だ、隠れているのに疲れ、出頭するかどうか相談しようとこの向田むらさきさんを訪ね、その番号を思い出して告げてみると、なんとそれは彼女のパソコンに登録されていた。音楽生活社の昔の番号だった。たぶんあなたはそれを、転送サーヴィスを利用してのダミー番号として、愛人との連絡や後ろ暗い交際用に使っていたんだ。そして彼女の死を確信するや、そのサーヴィスを解約した」

　武ノ内氏は病室の人々を眺めまわした。

「新渡戸鋭夫くん、百歩譲って、その女性が私の愛人であったとしましょう。公序良俗には反します。しかし必ずしも悪事とは云いかねる。さっき、彼女は郷里で亡くなったとかなんとか――」

「郷里での葬儀に出くわしたとしか云っていませんが、たしかに亡くなったのも郷里に於《お》いてです」

「では私は無関係だ。このところ東京から離れたためしがない。私は　体全体、どういう廉《かど》で君から糾弾《きゅうだん》を受けているんでしょうか」

「だからその一連の通話記録ですよ――アンプの細工がばれた？　彼女を呼び出して、田舎に身を潜めておけと命じ、クリムゾンキングを渡す。田舎に帰ったら呑《の》め、落ち着くから。しかしあなたは、それで彼女が死ぬことを予期していた。クリムゾンキングは、見た目は同じでも成分にずいぶんバリエーションがあるとか。いつもの分量でODに至らしめるのは簡単だ。罎の中身を、それまで彼女が服用していたのより強いものに入れ替えておけばいい」

「どこにどういう証拠が？　あなたには殺せたから、あなたが殺したのだ、という無茶苦茶な論法にしか聞えないんですが」

「和気さんについては、たしかにそうだ。でも弟の利夫については、少なくともあなたが部屋にいて、あいつを見殺しにした証拠があります。あなたの指紋やDNAがたっぷりと付いたギターです。古いエピフォンのカジノ。普通のチューニングにされていること、そしてそれが狂っていることで分かった。僕ら兄弟は普通のチューニングでは弾けません。武ノ内さん、あなたはあれを利夫の部屋で弾きましたね？」

「利夫くんのカジノ——は憶《おぼ》えているな。たしか撮影に持参してきたかなにかで、そのとき弾かせてもらったと思います。私の指紋が付いているとしたら、その時のものですよ」

「本当？」

「ええ。撮影に使ったかどうかは定かではありませんが」

「史朗、ちゃんと録《と》ってるか」

鋭夫くんに呼び掛けられた史朗くんは、右手を上げた。あの携帯電話みたいなレコーダーが握られていた。

「利夫のカジノを憶えている。不思議な話だ。あれはあの晩まで俺の部屋にあった、俺のギターですよ。利夫はカジノなんて持っていなかった」

武ノ内氏の表情に奇妙な変化が生じた。口許《くちもと》でだけ笑ったのだ。

しかし視線は、しきりにドアのほうを確認している。

レオが立ち位置を変え、彼の退路を塞《ふさ》ぐ。

「いや、あの撮影では似た感じの別のギターだったか」

「だったらホワイトファルコンだ。利夫が持っていた箱物はそれだけだから。音楽雑誌の編集長で元ギタリストのあなたが、スティーヴン・スティルスやニール・ヤングのギターと、ビートルズのギターを区別できなかった？　冗談でしょう？　色からして違う。音楽に無縁な小学生にだって区別が付く。俺はあの晩——利夫が死んだ晩、あいつの部屋に行ってるんです。一つには、いつもの作業であるレコーダーのやり取りのため。もう一つは、あいつにカジノを貸すためです。俺はずっと、あのとき自分が寝室を覗《のぞ》いていれば、利夫は死なずに済んだと思って悔やんでいた。違ったんだ。俺が部屋を立ち去ったあと、利夫はあなたを伴って帰ってきて、一緒にギターを弾き、あなたは利夫に薬を与えた。世話になってきたあなたの勧めを、あいつは断れなかった」

「まったく、その」

と武ノ内氏は云《い》いかけて、しばらく考え、それから、

「穴だらけの推理ですね。可能だったことが、イコール事実だという論法には変わりない」

「どこが穴だらけなんでしょう。俺がギターを持っていってから、翌朝マネージャーの鵜飼《うかい》さんが利夫の遺体を発見するまでの間に、あなたはあの部屋で俺のギターを弾いているんです」

「実際に私の指紋が出てるんですか？　そのカジノから」

「それを調べるのは警察の仕事だ。利夫の部屋にそのまま置いてあるから、出頭したとき鑑識を要請します」

「本当はもっと以前から、ニッチが君から借りていた可能性だってある。それを彼が持ち出し、私がなんらかの機会に触って――」

「その可能性はありません。たっての頼み、兄貴の宝物のカジノを貸してほしい、

という利夫からのメールが俺のパソコンに残ってる。あの当日のメールです。そして現在のチューニング。もしカジノから指紋が出てくれれば、あなたはあれを弾いた最後の人間だ」

「――だから殺人犯？　そんな理屈が通用する裁判が、法治国家である日本に存在しますかね」

「強引な追悼コンサート。あれ自体が擬装だったんだ。その主催者が、追悼されている者の死を招いたとは、なかなか人は思わない。俺も思い付きませんでした」

「武ノ内さん」

むらさきさんも声をあげた。

「これまであなたには、本当にお世話になった。だからこう宣言するのは苦しい。でもねえ武ノ内さん、娘のこの状態を見て、そして鋭夫くんの推理を聞いて、私はあなたは黒だと思っています」

「そうですか。ではそう、裁判ででもどこででも主張なさればいいのでは」

「きょう岩倉理が電話を架けてきました。彼も独自に色々と調べてくれていた。あなたとTYOは、間違いなく薬で繋がっている」

「――だとして？　だから私がニッチを殺したと？」

「私はそう書きます。どこで主張するか？　もちろん著書に於いてですよ。ジャーナリストの端くれとして、自分が見たまま信じえたままを書いて発表します。ピューリッツァ賞を獲《と》りますからね、本気で」

「そんな出鱈目《でたらめ》を本にしてみなさい。名誉毀損《きそん》もいいところですよ」

「そう思われるなら、ぜひそちらから訴訟を起こしてもらいましょう。恰好《かっこう》のＰＲだわ」

22

鋭夫くんはむらさききさんに付き添われて、病院近くの警察署に出頭したと聞いた。あるていど名前の通った人物が身元を引き受けるということで、鋭夫くんは早々に自宅へ帰るのを許された。しかし監視の刑事が常にアパートの近くにいて、じつに辟易《へきえき》したという。

（本当に刑事コロンボみたいなばればれの恰好で、ずっと電柱の陰に立ってるんだよ。さっとカーテン開けたら、牛乳パック片手に菓子パン食べててさ、気の毒になっちゃって、中にどうぞ、と大声で云ったら、駄目駄目、引っ込め、ってジェスチュアするんだ。刑事ごっこを楽しんでるとしか思えない)

むらさきさんは私の退院までは病室に泊まり込んで、退院後は自宅で、ニッチの死とその後の物語『爛漫《らんまん》たる爛漫』を書き上げた。執筆期間、僅《わず》か一か月という凄《せい》絶《ぜつ》な速度だった。

脱稿直後、今度は自分が過労で倒れてしばらく入院した。

『爛漫たる爛漫』は、音楽生活社のライヴァルである音《おん》譜《ぷ》社《しゃ》から緊急出版された。山っ気《け》の強い出版社という風評から、それまでむらさきさんは手を組んだことがなかったのだが、いざ交渉してみるとずいぶん気が合ったようだ――山師同士。

同書が店頭に並ぶ前夜、武ノ内氏はオフィスで遺書をしたため同報メールとして各所に送り、多量のクリムゾンキングを呑んだ。

しかし死ねなかった。瀕《ひん》死《し》ではあったが、まだ息のある状態で警備員に発見され、救急搬送《はんそう》されて一命を取り留めた。

常用によって耐性ができていたようだ。もしくは、自分でそうなるように加減したか。

　武ノ内氏の遺書は、むらさきさんのパソコンにも送られていた。

　私も読ませてもらえた。

「なにこれ。嘘《うそ》っぱちだ。私、あの薬吐いてなかったら死んでたんでしょう？」

「もし若さと体力がなかったら、けっこう危なかったかも」

「微量だって」

「和気さんについても、嘘つけ糞親爺《くそおやじ》って感じだけど、でも、ちょっとだけ本音かなと思える箇所もある。自分が爛漫を終わらせたかった、せめてそうやって彼らの伝説に関わりたかったってところ」

「たかがロックバンドなのに」

「云うわね。されどロックバンドなのよ。この遺書が真の内実か、それとも裁判員の酌量《しゃくりょう》を狙《ねら》っての作文かは、いずれ警察が解明するでしょ。少なくとも私の『爛漫たる爛漫』が、大筋で真相を云い当てていたのは、これで保証された」

「ほとんど鋭夫くんと史朗くんの推理なんですけど」

「これでもかってほど謝辞を入れてるじゃない。ミリオンセラーになったら印税も分けるわよ。いずれどこかの文庫に入るとき、この作文も新情報として加えて、また本が売れれば私は満足。ピューリッツァ賞にさえ近付ければ」

「死にかけた私の立場は」

「印税でなんか買ってあげるから。靴でいい？」

「――自分が欲しいんじゃん」

23

各位

向田むらさき氏による『爛漫たる爛漫』が、明日、都内の書店に並ぶ運びであると伝え聞きました。

恐らく私は同書に於いて、大変な悪人として描かれていることでしょう。

それは一面、真実であり、また一面、的外れなご指摘でもあることをここに記し、皆様にお送りしましたのち、私、武ノ内幹夫は、ニッチこと新渡戸利大くんに謝罪するための旅路へと赴く所存です。

意図の程はともかく、起きてしまった事実として、確かに私はニッチを見殺しにしました。

合成麻薬、通称クリムゾンキングを、私の勧めによって自宅リビングで服用した彼は、その直後より、服用量からは考えにくい強い反応を示して、苦痛を訴えました。私はその時になって初めて、通常成分のつもりで彼に渡した錠剤が、有害不純物を多く含み、それゆえに即効性、持続性があるとされる、通称ザ・コートであることに気付きました。

やはり同程度の分量を服用した私自身の状態からも、それは間違いなく思われました。

取り違えがどこで起きたのかは、未《いま》だに分かりません。購入した際、既に取り違えられていたのかもしれませんし、私自身が他の罎《びん》と取り違えたのかもしれません。

ニッチにクリムゾンキングを渡し、服用を勧めましたのは、一つには、それが彼の音楽にプラスとなるのではないかという期待感があったからです。音楽雑誌の発行人として、彼の傑出した才能に、どんな形でもいいから貢献したかったのです。

勿論《もちろん》のこと今の私は、それが貢献どころか貴重な生命まで奪う愚行であったと認め、このうえなく恥じ入っております。

服用を勧めましたもう一つの動機として、秘密を共有することによって、ニッチとの絆《きずな》を堅固にしたいという、エゴイスティックな欲求がありました。

断じて同性愛的な想《おも》いなどではなく、まるで一人の音楽少年のように、私は爛漫とそのフロントマンであるニッチに、強い憧《あこが》れを抱いておりました。

人生の折返し地点を遥《はる》かに過ぎた男が何を言っているのかと、お笑いになる方もおいででしょう。しかし私は一人のミュージシャン崩れとして、常に爛漫というバンドに嫉妬《しっと》を覚えていました。

同時に、その伝説の一員となることを願っていました。

決して私が望んでいた形ではありませんが、実際、爛漫は伝説となりました。

ニッチこと新渡戸利夫くんと爛漫の音楽が、人々から忘れ去られることはないでしょう。

時間の感覚が曖昧《あいまい》なのですが、クリムゾンキングの服用から恐らく五分ほどで、ニッチは意識不明に陥り、ソファの上でぐったりと動かなくなりました。

私は、彼が翌日には恢復《かいふく》していることを願いながら、彼の身を寝室へと運び、そっとそのマンションを後にしました。これもまた今となっては、愚劣きわまりない行為であったと認めざるをえません。

気を喪《うしな》うほどの状態に陥りながら、翌日にはけろりとしている若者を何人も見てきましたから、このたびもまたそうなるはずだという、希望的観測を私はいだいてしまったのです。

ニッチの死を知りましたのは、翌日のニュースに於《お》いてです。

私の誤った判断の重なりが、ニッチを死に至らしめたのは事実であり、御親族とファンの皆様に、心よりお詫《わ》び申し上げます。

どうか信じていただきたいのですが、同件につきまして、私はずっと自首を考えていました。

しかしとある恐怖が、私の心を金縛りにしたのです。私を恐怖させましたのは、「雨の日曜日」での爛漫の復活です。

ニッチの兄、新渡戸鋭夫さんの存在を、私はそれまで全く知りませんでした。一時とはいえ、彼の力によって爛漫が息を吹き返した時、私は自らの徹底的な無力を悟りました。

バンドマンとして生きることを、かつて運命から拒絶された私です。なおかつ私には、一つの若いバンドを支える力も、逆に終わらせる力さえも無かったのです。

ジョン・レノンを射殺したマーク・チャップマンではありませんが、私はその時、自らのちっぽけなプライドが、自分は少なくとも爛漫を終わらせた人間である、という意識に支えられはじめていたことを思い知りました。

「雨の日曜日」は名曲です。爛漫の、そしてニッチの最高傑作と断じて過言ではないでしょう。

ニッチの死後、私は残されたメンバーの業界での生き延び方を、様々にシミュレーションしていました。しかしその全《すべ》ての予想を裏切り、爛漫はあくまで爛漫として、素晴しい仕事をものしたのです。

業界のフィクサーを自任するに至っていた私を、ああも完膚《かんぷ》無きまでに傷付けたリリースは、他にありません。本当に美しい曲です。

ニッチの声と共に刻まれた微かなノイズまでもが、ロックの歴史のなかで永遠に輝き続けることでしょう。

私は友人の和気泉さんに、ニッチの部屋でなにが起きたかを正直に語り、またこれまで綴《つづ》ってきたような複雑な心中を吐露しました。

彼女は私への同情からでしょう、「では私が、新しい爛漫を終わらせてあげましょう」と言いました。

そして追悼コンサートを企画し、そのステージで鋭夫さんを感電させ、音楽業界への意欲を喪失させるという提案をなさいました。

勿論のこと私たちは、鋭夫さんがステージを怖がるようになってくださったなら、それでよかったのです。救急車で運ばれるほどの危害を与える気は、和気さんにも私にもありませんでした。しかし鋭夫さんにも深くお詫び申し上げます。

向田むらさき氏の娘、くれないさんに対する暴行についても、同様に、脅し以上の意図はありませんでした。彼女に呑《の》ませたクリムゾンキングは、ごく微量です。彼女とギターにまつわる会話を交わした私は、彼女がどこかしら事の真相に触れつつあることに気付きました。その当事者は私でもあり、より広大な裏社会でもあります。

若い好奇心というのは、無鉄砲なものです。私の立場からこう申し上げるのもおかしな話ですが、その赴くままに生きていると、いったいどんな危険に晒《さら》されるか分かったものではありません。

私は彼女に、あれ以上、爛漫に関わってほしくなかったのです。

恐らく『爛漫たる爛漫』にて最も誤解されているだろうと、いま私が想像いたしますのが、和気さんのことです。

そもそも私がクリムゾンキングの売買に手を染めるようになったのは、情緒不安定だった彼女から、薬局で貰《もら》うよりも強い薬を切望されたからなのです。

もし同書に於いて、彼女の死に私が直接関与しているとの記述が為《な》されていましたら、それは全くの誤解です。彼女はクリムゾンキングの常用者であり、服用量は日を追って増えていました。

その副作用か、亡《な》くなる前の数か月は記憶力が曖昧で、しばらく前の出来事をすっぽりと忘れているほどでした。

彼女は、すでにクリムゾンキングを服用していることを忘れ、さらに服用を重ねたのだと私は考えております。

記すべきことは記しました。長きに亘《わた》る皆様の御厚情に、改めて感謝申し上げます。

私はこれからニッチに会いに行きます。

「音楽生活」武ノ内幹夫拝

24

入院中の私は退屈に襲われるたび、むらさきさんがアイポッドに移してくれた、史朗くんから渡された音源に心を浸していた。

それは「雨の日曜日」を本格的にレコーディングするため改めて集結した、史朗くん、圭吾くん、レオ、そして鋭夫くんから成る爛漫のリハーサルに、私が招かれた時の録音だった。

スタジオには鵜飼さんという強面《こわもて》のマネージャーや、レコード会社の人が出たり入ったりしていた。

企画の立案者ということで、鋭夫くんが私を特別扱いで招いてくれた次第だが、本来はシリアスなリハーサルだから、ずっとレコーダーが動いていたのだろう。

ニッチの葬儀ですでに顔を合わせていた爛漫の面々は、私の来訪を喜び、面白がって、しきりにピアノを弾かせたがった。

グランドピアノでもアップライトでもなく、フェンダーのローズピアノという電気式のピアノしかスタジオにはなかったが、このキイの感触は悪くなかった。

「なにか暗譜しているもの」

と鋭夫くんが云《い》うので、「幻想即興曲」のさわりをちょっと弾いたら、まるで珍獣のようにもて囃《はや》されてしまった。

史朗くんがスコット・ジョプリンの楽譜集を持っていた。岩倉氏が云ったように、これはピアノを弾く女の子がやって来るというので、用意してくれていたのだと思う。

私が短めの曲を選んで初見《しょけん》で弾きはじめると、史朗くんは私の手の動きを見ながら、すぐさまベースを合わせてくれた。

圭吾くんもユーモラスなリズムを重ねた。

「もう一度、もう一度、最初から」

二度めには、それまで音を拾っていたレオがペダルを踏みながら愉快な音色で参戦し、鋭夫くんは即興の詞を歌いはじめた。

俺たちの城に今日
ピアノ弾きがやって来たよ
痩《や》せた赤毛の女の子だよ
緊張のあまり青ざめながら
ラグタイム王の曲を弾いている

失敗したら首が飛ぶ
失敗したらそこでおしまい
赤毛の女の子の青い顔
黒いベースに白いギター
出鱈目《でたらめ》につくった花束みたい
恋は優しのべつ幕無し
そのうちみんな音楽に飽きたら
銀色の車で海へと向かおう
海は広いな眩《まぶ》しいな
円や四角のサングラス
歪《ゆが》んだ頭に帽子をかぶせ
金色の船の帆をあげろ
金色の船で夢の果てまで

鋭夫くんがマイクロフォンから離れ、スタンドに立ててあった変な形のギターを抱え、ストラップに頭を通す。

このギターのことも、今は詳しく知っている。テスコという日本のメイカーの、とても古いギターだ。

後日、

「正直に云って、あれ、あまりかっこいいとは思わない」

と私が云うと、鋭夫くんは申し訳なさそうに、

「俺もそう思う」

と笑った。

「なのになんで使ってるの？　弾きやすいの」

「すごく弾きにくい。でも音が綺麗《きれい》なんだ。いつもじゃないけど、たまに夢みたいな音がする」――。

テスコを抱えた鋭夫くんは、急に「雨の日曜日」の間奏を弾きはじめた。

戸惑いながら、なんとかその音を追おうとする私に、

「そのまま、そのまま、楽譜どおりに」

と鋭夫くんはマイク越しに指示した。

彼の音に引きずられないよう、譜面を直視する。史朗くんも「雨の日曜日」になってる。

やがて、鋭夫くんがいかなるインスピレーションを得たのかを、私は悟った。

まるで違う和声進行なのに、低音のぶつかりさえ避ければ、なぜか合うのだ。

複雑なハーモニーだけど、ストラヴィンスキーほど複調的ではない。

慣れてしまえば、単純に心地いい。

「雨の日曜日」がお菓子だとしたら、私のピアノはその上の粉砂糖だった。

一笑に付されてしまうに違いないから、むらさきさんはもちろん岩倉氏にさえ云えないが、私はあの時——あの短いあいだ、爛漫の一員だった。

25

史朗くんが岩倉理《おさむ》のバンドに加入したと耳にして、それはさすがにむらさきさんを質に入れてでも聴きにいかねばと思った。

本当は、岩倉氏からチケットが送られてきていて、当のむらさきさんから、

「二枚来てるけど、この日、私は用事があるから、あんた友達とでも」

と手渡されたのだ。

友達——。

私はとても遠慮がちに、鋭夫くんを誘った。片方の耳しか聞えないのにコンサートは厳しいのではないかと想像しつつ、でも史朗くんの動向は気になるだろうとも思い。

(行く行く。というか、もともと行くつもりだった)

と彼は軽快に答えた。

(史朗から招待されてるんだよ)

「だったら一枚余った。レオにでも——」

(レオも圭吾も招待されてるに決まってる)

「そうなの？　圭吾くん、複雑じゃないかな。史朗くんを岩倉理に取られちゃって」

(誇らしいだろ、友達なんだから。それに史朗は、当面は風月《ふげつ》にも居残ると云ってた。ボーカルの女性だけメジャーレーベルに引き抜かれちゃって、自分まで抜ける

に抜けられなくなったとか)

「ややこしいね」

(何年も同じメンバーで活動できるバンドのほうが珍しいんだよ)

「あのボーカルがそんなにいいとは、私は思わなかった。価値観の違いかな」

(ルックスは良かったらしいじゃないか。そういう価値基準もあるのさ。見た目が好きだからこの人の音楽を聴いてみよう、というリスナーを否定はできない。利夫だってそういう部分には気を配ってた)

「でもルックス重視で歌が空っぽじゃ仕方がない」

(そりゃそうだ。ま、メジャーのプロデューサーがその人から何を引き出すか、遠くから見物させてもらうさ。風月は仕方なく史朗と圭吾が半分ずつ歌うようになって、でも却《かえ》って引き締まったと云ってた)

「その爛漫率、凄《すご》いね。いっそレオも入ればいいのに」

(レオにはレオの都合が。圭吾が欲しがっているとは限らないし)

思っていたよりも小さな、座席もないホールだったが、鮨詰《すしづ》めの満員だった。私と鋭夫くんはあまりいい位置に陣取れなかった。レオの特徴的な頭を遠くに認めたものの、人が多くて近づけない。

「ここくらいがちょうどいい。ステレオでは聞えないけど、音の奥行が、このくらいだとよく分かるんだよ」

という鋭夫くんの言葉に安堵《あんど》する。

新しい岩倉理のバンドは、岩倉氏、ドラム、史朗くんのベース、そしてグランドピアノという四人編成。

リードギタリストは敢《あ》えて置いていない。岩倉氏が弾けるし、それが目当てのお客も多いからだ。

愛用のゼマイティスを誇らしげに挑《かか》げ、岩倉氏がステージに登場する。陽介くんの時の黄色い歓声とは別物の、うおおおという地響きに会場が包まれる。

最初に音を発したのは、史朗くんのベースだった。そこに、あの新宿の店に居たのではと思うような、白髪のピアニストによるラグタイム風の遊びが重なる。

鳥肌が立った。

ドラムのジャズっぽいフィルイン。絡《から》み合うように、岩倉氏のギターが言葉を発する。

言葉だった。

音楽を愛している。

いま俺は楽しい。

大好きな君たちに囲まれて。

君たちを尊敬している。

想《おも》いを伝えきれなくてもどかしい。

結局、演奏するしかないや。

俺のために、君たちのために。

ほかには何もできないから。

そういうギターだった。たくさんの人たちがそこに人生を捧《ささ》げて、無駄足を踏み、愚行に及び——そんなロックミュージックの、ぶっきらぼうで深い輝きを見せつけられたような気がした。

鋭夫くんの脚が楽しげに揺れていることにほっとしながら、私はその晩の音楽を愉《たの》しんだ——。

じつは公演が始まる前、私たちは花束を携えて楽屋を訪れていた。

岩倉氏が爪弾《つまび》いていたのは、もちろんゼマイティス。ボディが彫金された金属で被《おお》われた、小振りなギターだ。

珍しがる鋭夫くんに、氏は気前よくそれを触らせ、入手できたいきさつを語っていた。

「個人のための特注品しか作らなかった職人だから、それを俺のゼマイティスと呼ぶのはなんだか気が引ける。前の持ち主のを借りてる感は否《いな》めない。若い頃から世話になってきた楽器屋から電話が架かってきて、岩倉くん、ゼマイティス出たよ、押さえとく？　と云うんだよね」

「探してもらってたんですか」

氏はかぶりを振って、

「ゼマイティスの話はもちろん、ロン・ウッドへの憧《あこが》れなんかもさんざん話したと思うけど、買いたいなんて口に出せるかよ。ぶっちゃけ、田舎に家が買えるかもって値段だぜ。でも、一度は触ってみたかった。つい店へと出掛けて、触っちゃったが最後——ほらね、岩倉くんにぴったりだと思ってた、と店長が得意そうなこと。転売する相手を厳選することという条件で買い付けてきたそうで、俺ならば向こうも快諾《かいだく》してくれるだろうとまで云われちゃあさ――イギリスのローカルバンドで演奏してきた人が、老後の生活資金のために手放したとか。お蔭《かげ》で、ほかのギターやアンプのコレクションを大量に売り払う羽目になった。まあ、十年も二十年も使ってない機材を持っててても仕方がないし」

出番が迫って、メンバーたちが忙《せわ》しく楽屋から出たり入ったりしはじめた。

岩倉氏も立ち上がり、

「さて、ストレッチでもしとくか。ステージでぎっくり腰になって、メンバーに恥をかかせたくない」

笑いながら頷《うなず》き、鋭夫くんを追ってドアへ向かおうとする私に、氏は素早く追い付いてきた。

肩を摑《つか》んで引き寄せられた。

「娘にも」

と氏は囁《ささや》いて、私の頰に接吻《せっぷん》をした。

私は驚いて外に逃げ出した。

26

ドアフォンのディスプレイには制服姿の女の子たちが映っていた。

「はい？」

（あのう、向田先輩は）

「どの向田ですか」

（向田くれない先輩です）

「――私ですけど」

むらさきさんの部屋からの騒音がひどいので、ともかく外に出た。

女の子が四人。私が通っていた中学の制服だ。

いちばん背の高い子が進み出てきて、

「とつぜんすみません。赤羽根先生が、爛漫のことだったら向田さんに相談なさいって」

「あの――なんの話？」

「私たち、軽音楽同好会をつくって、赤羽根先生が顧問になってくださったんです。でも先生は楽器ができないし放任主義で。それで、私たち、最後の文化祭で爛漫の曲を演《や》りたいんですけど、そう先生に相談したら、卒業生の向田さんに指導してもらいなさいって」

「指導ってなにを」

「演奏とか、歌い方とか」

「ちょっと——なにか誤解が生じてると思うんだけど、私はピアノが弾けるだけだし、爛漫にピアニストはいないでしょう？」

「スコアにキイボードの楽譜もありました」

史朗くんがレコーディングでのみ弾いているパートだろう。

八つの目にじっと見つめられると、なんとなく冷淡ではいられなくなってきた。

「念のための質問だけど、どの曲を演るの」

「『雨の日曜日』と——」

「難しくない？」

「でもみんな好きな曲だから、難しいところは省略しながら——そういう方法とか、教えていただけないかと思って」

「編曲ってこと？　ほかの候補は？」

「地味な曲なんですけど、『ぶっぽうそう』っていう」

ドラムもベースも入っていない小曲だ。

「バンド向きかしら」

「そういうアレンジとかも、できたら向田先輩に」

私は黙考したあと、

「練習スタジオに顔を出せばいいの？」

「スタジオを借りるお金はないから、教室を借りて練習してるんですけど」

「――ごめん、だったら無理。赤羽根先生から聞いてない？　私、登校拒否で、先生が出席日数を水増ししてくれたから、辛うじて卒業できたの」

「放課後でも、学校は駄目ですか」

考え込んでしまった――。

後日、結局、かつて牢獄《ろうごく》のように感じていた母校に足を運んでしまったのは、自分もいちおう爛漫の関係者だという自尊心や虚栄心が、いつしか私の内に芽生えていたからだろう。

なんとも無責任な形ながら、赤羽根先生に頼られて嬉《うれ》しかった、というのもある。

校舎を目の前にすると、やはり足は竦《すく》みがちになり、動悸《どうき》がした。

とても正面からは入れず、非常階段を経由して、指定された教室へと向かう。

どしゃどしゃばたばたというドラムの音は、廊下にもたんと洩《も》れていた。この時点で、彼女らの実力の程は想像がついた。

完全に初心者。さて、どうしたものか。

戸を開けて姿を現した私に、先輩！　先輩！　と彼女らは色めき立った。

「先輩のキイボードも用意しときました」

どこからどうやって借りてきたのだろうか、型の古いポリフォニック・シンセサイザーが教壇の上に置かれ、床のアンプと繋《つな》がれていた。ぺこぺこの鍵盤《りんばん》と、玩具《おもちゃ》みたいな音色に失笑する。

「とりあえず、これまでの練習の成果を聴かせて」

はい！　と返事は威勢がいい。

ドラムの女の子が凄《すさ》まじかった。ほかの子たちも分かっているらしく、演奏前は真剣な顔をしていたのに、ドラムのフィルインが始まった途端、笑い転げている。

すっとこ、とっとこ、ばしゃん、ばしゃん――。

でもそれが彼女のリズム感覚であり、生理なのだろう。こうやって周りを楽しくさせてきた子なのだろう。

先日、積極的に私に話しかけていた背の高い女の子はギターで、この子は少しは心得があるようだ。もちろんレオやニッチや鋭夫くんの、百分の一、千分の一も弾けていない。コードを間違えないだけで必死だ。

ベースの子はほかの楽器からの転向だと思った。たぶんピアノ。指はろくに動いていないが音程感がいい。

ボーカルはカラオケ上手のレベル。ニッチとはキイがだいぶ違うので、後半はオクターヴ下げて歌っている。

はてさて、どうしたものか――。

キイボードに付属している譜面台に、市販の楽譜が置いてあった。

それを見ながら、控え目に音を合わせてみる。

ギターの子とベースの子が、うわあ、という顔でこちらを見る。

ほぼ原形を留めていない、滑稽《こっけい》きわまりない「雨の日曜日」が終わると同時に、ポケットの携帯電話が震えはじめた。

鋭夫くんからだった。

「ちょっと今――」

女の子たちに注視されて、気恥ずかしく、つい黒板のほうを向く。

「――この後だったらいいけど。嘘《うそ》。本気？　みんなに訊《き》いてみる」

通話を切らないままに、私は振り返って女の子たちに問い掛けた。

「爛漫のベースだった史朗くんと、ニッチのお兄さんが、見に来たいって云《い》ってるんだけど」

うひゃあ、と声をあげて、みんな床にへたり込んでしまった。

あとがき

〈クロニクル・アラウンド・ザ・クロック（以下、クロクロと略します）〉の第一部『爛漫《らんまん》たる爛漫』をお読みくださり、まことにありがとうございます。久方ぶりとなる文庫先行の出版につき、かつて少年少女向けの文庫を書き下ろしていた時代を思い返しつつ、当時の慣例どおり、あとがきを記させていただくことにしました。

〈クロクロ〉の構想は、目下、第三部までが明確にあり、立て続けに執筆、上梓《じょうし》していく手筈《てはず》となっています。第一の事件、第二の事件——と変奏していくタイプの連作ではなく、前作をひっくり返していく大掛かりな物語ですので、ナンバリングどおりにお読みになるのが無難かと思います。「どこからでもお読みになれます」と間口を広げておくのがこういう商売の鉄則なんですが、「優しい嘘《うそ》」がつけない体質なもので、どうもすみません。

さらに読者を驚かすようなことをのうのうと記してしまいますが、熱烈なお申入れを賜っていたにも拘《かか》わらず、ロック小説の執筆には、長いあいだまったく乗り気になれませんでした。

あまりにも難しいのです。音楽、とりわけロックを小説で表現するのは、きわめて困難にして成功例の少ない試みです。小説から音が出ないのは勿論《もちろん》ですが、あまつさえロックは「失語の音楽」です。

好例として、ザ・ビートルズの名盤『アビイ・ロード』、そのA面の最後を飾る「アイ・ウォント・ユー」を挙げておきましょう。詞は、たったこれだけです。「君が欲しい」「欲しくてたまらない」「気が変になるほど」「彼女は激しい」。これを繰り返しているだけ。

『ザ・ビートルズ』(通称「ホワイトアルバム」)に入っている「ホワイ・ドント・ウィー・ドゥー・イット・イン・ザ・ロード」に至っては、「路上でやっちゃおうか」「どうせ誰も見てないさ」のみ。なにをやるんだか知りませんが。

大好き！　悲しい！　悔しいぜ畜生！　誰か助けて！　腹いっぱい食いたい！

こうした身も蓋《ふた》もない叫びがロックの本質です。長い詞、叙情的な詞、複雑怪奇な詞を持つ曲は無数にありますが、それらを削《そ》ぎ落としても平然と成立してしまうのが、ロックです。その魅力を小説に写し取る——。

気に入った叫びを転記したところで、ロックの格好良さはちっとも読者に伝わりません。いくら「美しい」を連呼しても美女を書き表せないのと同じです。

一計をめぐらす必要がありました。


『アビイ・ロード』のB面は、ほぼ全篇がメドレーになっています。もともとそう作曲されたものではなく、独立した一曲を成すほどではない断片——ジョン・レノンに云《い》わせれば「ジャンク」——の寄せ集めを、メンバーとスタッフがテープ編集の技術を駆使し、壮大な楽曲にまとめ上げたものです。あれをそのまま演奏していたザ・ビートルズは、存在しません。

ここに、ロックのもうひとつの顔を見出《みいだ》すことができます。聴き手はバンドによる演奏を楽しんでいるつもりでも、それが録音と編集の魔法によって生じた幻に過ぎない場合が、たいへん多いのです。そもそもバンド自体が存在せず、たった一人による多重録音であったりもします。

リズムを録り、低音楽器を配し、ギターやピアノを乗せ、歌を入れ、必要に応じて更に音を足したり消したり――マルチトラック・レコーダーが発明されて以降の大衆音楽は、ほとんどがそういう、パッチワークを拵《こしら》えるような方法で制作されています。この流れを先導してきたのが、直情的な叫びの音楽であるロックだというのは、たいへん興味深い事実です。閑寂あってこその喧噪《けんそう》。闇《やみ》あらばこその光。

もし〈クロクロ〉に、一般的なロックのイメージとは程遠い静かな呟《つぶや》きが散見されるとしたら、それは右のようなレコーディングのプロセスを模《も》して書かれているからです。レコーダーを巻き戻しては断片を重ね、重ね、不要な音を削り――にも似た面倒な執筆作業によって、「小説でロックを表現する」という課題に応じんとしているものです。

珍しくも詳細な設計図を記し、それと睨《にら》み合いながら執筆しています。メモさえなしに一行目から書きはじめ、書き連ね、「終わった」と感じたらそこで幕、を常としている身にとって、これは目新しい体験です。

たまにギターやウクレレを逆様に構えて、すなわち左利《ひだりき》きの状態で弾くのですが、それに近い感覚です。巧《うま》いかどうかは、また別の話。

作中、爛漫の曲として描いている「雨の日曜日」には、はっぴいえんどが一九七〇年に発表したデビューアルバム『はっぴいえんど』――ジャケットの絵柄からしばしば「ゆでめん」と称されます――所収の「12月の雨の日」のイメージを重ねています。

†

細野晴臣、大瀧詠一、松本隆、鈴木茂という奇蹟《きせき》的なメンバーによるこの一打は、コンセプトこそ和製バッファロー・スプリングフィールドながら、米国ロックへの憧憬の産物には収まりきらない独自性を湛《たた》えていました。

文学青年特有の瑞々《みずみず》しさ、痛々しさを押し隠すことなき松本の詞。6月でも9月でもなく「12月の」雨の日としたことから生じた詩情の化学変化には、目を瞠《みは》るべきものがあります。またジャズっぽい跳ねに満ちたドラミングはいま聴いても新鮮で、とりわけ鋭いシンバル・ワークは見事です。

松本がのちに日本を代表する作詞家へと大化けしたように、やはり作曲家として大成功する大瀧は、後年の作品群を予感させる、転調に満ちたメロディとコード進行を提供しています。本来バンド志向がまったくなかった彼の、照れたような歌唱によって分かりにくくなってはいますが、オーケストラ向けの編曲にさえ耐えうる雄大な曲想です。

一オクターヴ以上にわたる執拗《しつよう》な低音の下降、それを可能にするためのオン・コードの多用には、細野のアイデアも反映されていることでしょう。ドラムが右、リードギターが左、中央にベース、という癖のある定位が選ばれているのは、「この曲の肝は、流れ落ちていく低音である」との意識からだと思います。トボドボした、あまり高級感のない、不気味さと紙一重のベースですが、他楽器との被《かぶ》りを巧みに避けて互いを際立《きわだ》たせる、こういう音作りが最も難しいのです。

ちなみにこの人のベース奏法はギターの指弾きを応用した独特なもので、いかなる教則本にも載っていません。とっ、とー、とっ、とー、という独特なリズム感は、はっぴいえんどサウンド最大の特徴です。アコースティックギターはほぼ細野が弾いていた、とも耳にします。「12月の雨の日」のおもに右側から聞える、見事なアルペジオやオブリガートもそうなのでしょう。

最年少、まだ十代だった鈴木のリードギターは、驚いたことに同時代のエリック・クラプトンに勝るとも劣りません。技術的にも、抽斗《ひきだし》の多さに於《お》いても、はや完成形のギタリストです。深くモジュレーションが掛かった音色なのは、ザ・ビートルズの「ホワイル・マイ・ギター・ジェントリー・ウィープス」に客演したクラプトンを意識してのことかと想像します――あちらのモジュレーションはクラプトンが意図したところではなく、「あとで勝手にテープを揺らして」味付けされたものだそうですが。

とまれここでの鈴木の演奏は、完璧《かんぺき》なヴィブラート技術や音程感、ピッキングのコントロールと相俟《あいま》って、波間に浮かんでは消えるような美しい音像を織り成しています。当時の貧相な国産ギターや絃《げん》やエフェクターで、十代の若者がよくぞここまで――と思うたび胸が熱くなります。

もう一つ、この曲に欠かせない要素となっているのが、左側に一聴「変なタイミング」で入ってくる、歌舞伎《かぶき》の柝《き》を思わせるパーカッションです。なんの音なのでしょう？　高い周波数帯域が強調されているので金属音にも聞えますが、ラテン音楽で使われるクラベスというまさに拍子木か、ドラムスティックを叩き合わせた音に、たっぷりとエコーを掛けてあるだけのようにも思えます。本当は変なタイミングでもなんでもなく、１、２、３、４、５、６、７、８——と細かく数えたときの８拍めに入っていて、それがロックでは滅多に強調されないポイントなので不思議な感じがするだけです。聴き手をはっとさせる、計算尽くのトリックです。

はっぴいえんどの活動期間は一九七〇年から一九七一年、当時彼らが残したアルバムはわずか三枚です。決してラジオで頻繁にオン・エアされるような有名バンドではなく、多くのリスナーは、のちの細野のＹＭＯでの活躍ぶりや、大瀧のヒットアルバムから遡《さかのぼ》るかたちで、若き日の彼らの肖像を発見したのです。

ＴＹ

この作品は「ｙｏｍｙｏｍ」24号、25号に掲載された。

爛《らん》漫《まん》たる爛《らん》漫《まん》

クロニクル・アラウンド・ザ・クロック

新潮文庫　つ－24－2

平成二十四年十一月一日発行

著者　津《つ》原《はら》泰《やす》水《み》

発行者　佐藤隆信

発行所　株式会社　新潮社

郵便番号　一六二―八七一一
東京都新宿区矢来町七一
電話　編集部(〇三)三二六六―五四四〇
読者係(〇三)三二六六―五一一一
http://www.shinchosha.co.jp

価格はカバーに表示してあります。

乱丁・落丁本は、ご面倒ですが小社読者係宛ご送付ください。送料小社負担にてお取替えいたします。

印刷・大日本印刷株式会社　製本・株式会社植木製本所

ISBN978-4-10-129272-4　C0193